蒼松紫芝山中之秀非食煙
火人所及知也　堅腦生
劭農

西湖夢尋

【明】張岱 著
朱生玉 注

故宫出版社

前言

我對西湖的認識大概起自電視媒介，那時起便對西湖存有三分敬意；再後來便屢次在文學作品中讀到與西湖有關的傳奇，更有許多爲我所敬仰的與西湖有着淵源的歷史文化名人。自此始，我對西湖更有了七分憧憬。一個偶然的機遇，得以到江南行走一遭，順便在西湖逗留一天有餘。雖時間短促，但景致風情却猶似新憶。柳浪聞鶯、保俶塔、孤山、蘇小小墓、樓外樓，當然還有著名的雷峰塔，都令我印象頗深，以至離杭數日猶感念至深。時至今日，尚思故地重游。

有幸爲《西湖夢尋》做校注，頗感興奮與焦慮。興奮的是，終于可以做一點與西湖有關的事。西湖游來便大有編輯一部與西湖相關的書的衝動，但由于種種原因，遲遲未能『動工』。今日有幸爲之做校注，姑且算作圓夢。焦慮的是，由于自己學識水準尚淺，恐難擔大任，以致不能完美地解讀文辭而冤屈古之聖賢，貽害後來之讀者。姑且盡自己最大努力而爲之，紕漏在所難免，尚請方家斧正。

張岱（一五九七～一六七九），又名維城，字宗子，又字石公，號陶庵、天孫，别號蝶庵居士，晚號六休居士，山陰（今浙江紹興）人。曾寓居杭州。張岱出生仕宦世家，在其《自爲墓志銘》中自稱『好精舍，好美婢，好孌童，好鮮衣，好美食，好駿馬，好華燈，好烟火，好梨園，好鼓吹，好古董，好花鳥，兼以茶淫橘虐，書蠹詩魔』——可謂紈絝子弟。作爲明末清初文學家、史學家，憑着對傳統經史子集的博聞强識，撰寫了《琅嬛文集》《陶庵夢憶》《西湖夢尋》《三不朽圖贊》《夜航船》《白洋潮》等絶代文學名著。

或以爲其人生充滿樂趣，然張岱的一生也充滿了困頓。張岱生活于明清鼎革之際，奸臣當道、内憂外患，家境貧困又屢試不第，使他這位纔高命舛之人不得不縱欲于聲色，縱情于山水，仿佛在風花雪月、山水園林、亭臺樓榭、花鳥魚蟲、書畫絲竹、飲食茶道、古玩珍异中纔能找回真正的性靈解放。這也决定了他的絶代名作的藝術價值。

小品文自誕生之日起，便以其文辭簡約、風格迥异而贏得讀者的青睞。并且小品文創作也蔚然成風。張岱更是小品文寫作之聖手，其篇幅精悍、清新俊逸、情趣盎然、韵味隽永，歷來爲文學史和廣大讀者所重視。張岱與西湖有着不解之緣，他以獨特的審美情趣審視西湖山水風物，并重視歷史故事的挖掘，探本求源，以成《西湖夢尋》。其寫景，自然傳神，獨抒性靈；其評史，愛恨分明，公正客觀。《西湖夢尋》共五卷，成書于清朝康熙十年（一六七一）。以有限的篇幅展現了西湖山水、名勝及風俗、人物，筆墨簡練淡雅，寧静清深，文人氣息濃厚，實爲張岱散文風貌的集中體現。

《西湖夢尋》所展示給我們的正是這份閑情逸致，從中我們可窺探到作者寄身世外的妙趣所在。總體來講，《西湖夢尋》格調清新自然、情趣頗豐、韵味悠長，給人以美的享受。全書追述了西湖往日之勝，寄托了作者愛國情思。張岱在《西湖夢尋》的寫作中每有借鑒田汝成《西湖游覽志》之處，但其寫景描物却遠勝于《西湖游覽志》。爲求完備，向讀者呈現一個全方位的《西湖夢尋》，本書前附有《查繼佐序》《王雨謙序》《祁豸佳序》《武林道隱金堡序》《李長祥序》及《張岱自序》。

本次校注，以清康熙刻本爲底本，參照光緒刻本、《中國文學珍本叢書》及其他學者所做校注本，精研核對，勘定謬誤。注釋參看了其他相關著作及辭書，汲取精當成説并詳加考辨，于此一并致謝。

由于學識有限，加之個人對文獻材料的利用和理解差异，難免有紕漏之處，望讀者朋友多加批評指正。

朱生玉　二〇二〇年五月

查繼佐序

張陶庵作《西湖夢尋》，以西湖園亭桃柳、簫鼓樓船，皆殘缺失次，故欲夢中尋之，以復當年舊觀也。余獨謂不然。余以西湖本質自妙，濃抹固佳，淡妝更好。湖中之繁華綺麗雖凋殘已盡，而湖光山色未嘗少動分毫，東坡所謂『晴光瀲灧』『雨色空濛』，故端然自在也。西湖向比西子，若樓臺池館，則西子之錦衣袨服也；袨服：盛服、艷服。嫩柳夭桃，則西子之歌喉舞態也。近日西子乃罷歌舞，去靚妝，拔簪珥，解衣盤礴，政當西子澡盆出浴之時，《史記·外戚世家》：『帝譴責鉤弋夫人，夫人脫簪珥叩頭。』漢劉向《列女傳·周宣姜后》：『宣王嘗早卧晏起，后夫人不出房。姜后脫簪珥，待罪于永巷。』西子在古人心目中是有名的紅顏禍水，而作者在此把西子比作歷史上的賢淑列女，是美化贊揚之意。《莊子·田子方》：『宋元君將畫圖，衆史皆至，受揖而立，舐筆和墨，在外者半。有一史後至者，儃儃然不趨，受揖不立，因之舍。公使人視之，則解衣般礴贏。君曰：「可矣，是真畫者也。」』『般礴』本謂箕坐，後作『盤礴』，此处指意態安閑。須看其冰肌玉骨，妖冶動人，何待艷服喬妝方爲絕色也哉！子輿氏曰：『西子蒙不潔，則人皆掩鼻而過之。雖有惡人，齋戒沐浴，則可以事上帝。』孟子字子輿，子輿氏即孟子。語出《孟子·離婁下》。以惡人而齋戒沐浴，尚可以事上帝，何况西子本身自潔，更能齋戒沐浴，其芳香藻潔當更增百倍矣。陶庵于此，政須著眼，何必輾轉反側，寤寐求之，乃欲以妖夢是踐也？

社弟查繼佐偶書。

王雨謙序

木華作《海賦》，思路偶澀，或教之曰：『爾何不于海之上下四旁言之？』華因言其上下四旁，而《海賦》遂成。蓋華之賦海，海之景物已盡，特缺其上下四旁已耳，則是海爲主，而上下四旁其輔也。若田叔禾之作《西湖志》，志都城，志大内，志市井里坊，志人物流寓，志士女游觀，無所不志，而西湖之景物反多遺漏，則是借名西湖，而實與西湖無與。故碑記詩文，自蘇、白以後，記如袁石公之靈巧、張鍾山之遒勁、李長蘅之淡遠，詩如王弇州之華贍、徐文長之奇崛、王季重之雋穎，無一字入志，焉得謂之志乎？張陶庵盤礴西湖四十餘年，水尾山頭，無處不到。湖中典故，真有世居西湖之人所不能識者，而陶庵識之獨詳；湖中景物，真有日在西湖而不能道者，而陶庵道之獨悉。今乃山川改革，陵谷變遷，無怪其驚惶駭怖，乃思夢中尋往也。雖然，西園雅集，得米海嶽一叙，而人物園亭儼然未散；建章宫闕，得張茂先一語，而千門萬户彷佛猶存。有《夢尋》一書，而使舊日之西湖于紙上活現，則張陶庵之有功于西湖，斷不在米海嶽、張茂先之下哉！

潞溪白嶽王雨謙撰。

祁豸佳序

天下山水之妙，有以詩傳者，有以畫傳者，自王摩詰以一身兼之，贊之者謂：『摩詰之詩，詩中有畫；摩詰之畫，畫中有詩。』宋蘇軾《東坡題跋·書摩詰〈藍關烟雨圖〉》：『味摩詰之詩，詩中有畫；觀摩詰之畫，畫中有詩。』遂將詩畫合爲一物。若西湖則不然。西湖之妙，妙在空靈晶映，一入于詩便落脂粉，即東坡二詩亦所不免。世間凡物，竹籬茅舍、雞犬桑麻，一入于畫，無不文雅，而西湖圖景，雖桃柳舟航，猶是滓穢太清。故余獨謂『看西湖，决不能爲西湖之畫；看西湖，决不能爲西湖之詩』也。余友張陶庵，筆具化工，其所記游，有酈道元之博奥，有劉同人之生辣，有袁中郎之倩麗，有王季重之詼諧，無所不有。其一種空靈晶映之氣，尋其筆墨，又一無所有。爲西湖傳神寫照，政在阿堵矣。若使陶庵于此仍作詩想，仍作畫想，一著揣摩，便于西湖十去八九，即在夢中，亦是魘囈。有想有因，衛洗馬之病在膏肓，衛洗馬：衛玠，字叔寶，河東安邑人。歷官太傅西閣祭酒、太子洗马。《世説新語·文學》：『衛玠總角時，問樂令夢，樂云：「是想。」衛曰：「形神所不接而夢，豈是想邪？」樂云：「因也。未嘗夢乘車入鼠穴，擣齏啖鐵杵，皆無想無因故也。」衛思因經日不得，遂成病。樂聞，故命駕爲剖析之，衛即小瘥。樂嘆曰：「此兒胸中當必無膏肓之疾。」』政未易瘳也。

弟祁豸佳書于蟫仙廬。

武林道隱金堡序

張陶庵作《西湖夢尋》，向余問訊曰：『弟聞《華嚴經》，佛言華嚴世界南贍部洲特華嚴海中一彈丸之地，則西湖不直一蠡殼水，其景界甚小。湯若士傳《南柯》，蟻穴中有國都郡邑、社稷山川，則西湖不止一蟻穴，其景界又甚大。兩説不一，乞和尚爲我平章之。』余曰：『佛言世間凡事大小，皆由心造。若見爲大，則芥子須彌矣；若見爲小，則黄龍蝘蜓矣。蝘蜓：守宫。俗稱壁虎。古籍多將之與蜥蜴、蠑螈等相混。佛于此祇不動念，則景界俱空，大小盡化，蕉鹿莊蝶，《列子·周穆王》：「鄭人有薪于野者，遇駭鹿，禦而擊之，斃之。恐人見之也，遽而藏諸隍中，覆之以蕉，不勝其喜。俄而遺其所藏之處，遂以爲夢焉。」蕉，通「樵」。後以「蕉鹿」指夢幻。一聽其自爲變幻，于我空相，則亦何有？以余所見，大小高下祇在目前。即以西湖言之，爾見六橋三竺，縹緲湖山，其大若此，若置身于南北高峰，由高視下，西湖止一杯之水，歌舫漁舟正如飛凫浮芥，爲物甚微。蓋眼界所及，愈低愈小，則愈高愈大。莊生所言鯤背鵬翼，千里而遥，鵬之視人亦何异人之視蟻？齊諧志怪，勿得盡以寓言忽之。昔有人渡海，飛來一物，大如風帆，以篙擊之，是一蝶翅，稱之重八十余斤，則天壤間實有是境，實有是物，或大或小，一任人之見地爲之。余眼光不及數武，何能爲爾定其大小也？爾若祇以舊夢是尋，尚在杯水浮芥中往來盤礴，何足與于寥廓之觀？』

武林道隱金堡偶題。

李長祥序

甲申三月，一夢蹺蹊，三十年來若魘若囈，未得即醒，傍人且將升屋喚之，猶恐魂之不返，何暇尋夢中所有，且尋昔日夢中之所有哉！張陶庵見西湖殘破，而思蘧榻于徐，蘧榻：用葦或竹編成的粗席。于徐：即『徐徐』，從容緩慢。《莊子·應帝王》：『泰氏其卧徐徐，其覺于于。』惟舊夢是保，自謂計之得矣。吾謂陶庵惟知舊夢，而不知新夢。論舊夢者曰：『夢必有想，夢必有因。』故無想無因，未嘗夢乘車入鼠穴，搗薤啖鐵杵。若新夢則不然。淳于芬夢入南柯，則身歷蟻穴；幻人能吞刀吐火，則口煅鋼鋒。衛玠之論想論因，反落膚淺之見矣。昔王荆公與東坡論揚子雲投閣，爲史臣之妄，《劇秦美新》之作，亦爲後人所誣。東坡曰：『軾亦疑一事。』荆公曰：『何事？』東坡曰：『不知西漢果有子雲否？』余見陶庵所説之西湖，與近日所見之西湖毫無足據，亦謂明季時果有西湖否？且謂明季時西湖中果有張陶庵否？識得明季時未必有西湖，方可與尋西湖；識得明季時西湖中未必有陶庵，方可與讀陶庵西湖之夢尋。

古夔舊史李長祥書。

張岱自序

余生不辰，不辰：不得其時。宋文天祥《六歌》：『我生我生何不辰，孤根不識桃李春。』闊别西湖二十八載，然西湖無日不入吾夢中，而夢中之西湖，實未嘗一日别余也。前甲午丁酉，甲午：指清順治十一年，即一六五四年；丁酉，指清順治十四年，即一六五七年。兩至西湖，如涌金門、商氏之樓外樓、祁氏之偶居、錢氏余氏之别墅及余家之寄園，一帶湖莊，僅存瓦礫。則是余夢中所有者，反爲西湖所無。涌金門：又作豐豫門。在今浙江省杭州市涌金路西口，爲杭州城城門之一。商氏：字明兼，號等軒，明紹興會稽人。燕陽公（即商爲正）之長孫，景亳公之嫡長子。祁氏：祁彪佳，字虎子，一字幼文，又字宏吉，號世培，别號遠山堂主人。明代政治家、戲曲理論家、藏書家。山陰梅墅村人。天啓二年進士，崇禎四年升任右僉都御史，後受權臣排斥，家居八年，崇禎末年復官。清兵入關，力主抗清，任蘇松總督。清兵攻占杭州後，自沉殉國，卒謚忠敏。有戲曲批評著作《遠山堂曲品》和《遠山堂劇品》存世。錢氏：錢象坤，字弘載，號麟武，會稽人。明萬曆二十九年進士。改庶吉士，授檢討，進諭德，轉庶子。朝廷党禍初興，象坤漠然孤立，絶無依附。以親老侍養，十年中强半家居。泰昌改元，官少詹事直講，直講畢，見中官王安與執政議事，即趨出。安使人延之，堅不入。時行立枷法，慘甚，象坤白上，帝多寬釋。遷禮部右侍郎兼太子賓客。天啓六年，廷推南京禮部尚書，因不附魏忠賢，被指爲繆昌期黨，落職閑住。崇禎元年，召拜禮部尚書，協理詹事府。崇禎二年十一月，烽火四起，京城戒嚴，親率將士勤勉堅守，天寒不懈，皇上微行察知，甚喜，崇禎二年十二月拜相入閣，温體仁爲内閣首輔，象坤是其門生，讓而居其下。纍加少保，進武英殿。象坤在翰林院，與錢龍錫、錢謙益、錢士升并負物望，有『四錢』之目。崇禎四年遭人陷害，上疏引疾辭官回家。居十年，無病而卒。贈太保，謚文貞，蔭一子中書舍人。余氏：余煌，字武貞，會稽人。自幼好學，博覽群書，天啓五年一甲第一名進士，授翰林院修撰。曾參與修纂迫害東林黨人的《三朝要典》。崇禎即位，余煌雖受牽連，但并未遭受懲罰。不久，母親病故，辭官歸鄉。服喪期滿，被任命爲左中允，官右庶子。崇禎十七年朱由檢吊死煤山後，魯王任命余煌爲兵部尚書。順治三年六月，清兵直逼紹興，魯王渡海而逃。余煌見大勢已去，果斷下令，大開城門，放軍民出城避難。城空之後他賦絶命詩一首，獨自出東門赴水，殉國而死。及至斷橋一望，斷橋：今位于白堤東端。在西湖古今諸多大小橋梁中名氣最大。凡昔日之弱柳夭桃、歌樓舞榭，如洪水湮没，百不存一矣。余乃急急走避，謂余爲西湖而來，今所見若此，反不若保吾夢中之西湖，尚得完全無恙也。因想余夢與李供奉异。李供奉：指李白，字太白，號青蓮居士。唐朝詩人，有『詩仙』之稱，是偉大的浪漫主義詩人。供奉之夢天姥也，如神女名姝，夢所未見，其夢也幻；余之夢西湖也，如家園眷屬，夢所故有，其夢也真。今余僦居他氏已二十三載，僦：租屋而居。夢中猶在故居。舊役小傒，小傒：又作傒奴，指奴僕。今已白頭，夢中仍是總角。總角：古時兒童束髮爲兩結，向上分開，形狀如角，故稱總角。夙習未除，故態難脱。而今而後，余但向蝶庵岑寂，蘧榻于徐，惟吾舊夢是保，一派西湖景色猶端然未動也。兒曹詰問，偶爲言之，總是夢中説夢，非魘即囈也，蝶庵：作者齋名，用了莊周夢蝶的典故。《莊子·齊物論》云：『昔者莊周夢爲蝴蝶，栩栩然蝴蝶也。自喻適志與！不知周也。俄然覺，則蘧蘧然周也。不知周之夢爲蝴蝶與？蝴蝶之夢爲周與？』魘：夢中驚叫。囈：夢中説話。因作《夢尋》七十二則，留之後世，以作西湖之影。余猶山中人歸自海上，盛稱海錯之美，鄉人競來共舐其眼。舐：用舌頭舔。文中指鄉人欲舔眼睛來感受或品嘗美味。嗟嗟！金齏瑶柱，金齏瑶柱：泛指美味。金齏：

指切成細末的精美食物。瑶柱：乾貝的一種。用江珧貝的閉殼肌製成。過舌即空，則舐眼亦何救其饞哉！

歲辛亥七月既望，辛亥：指康熙十年。既望：周曆以每月十五、十六日至廿二、廿三日爲既望。後稱農曆十五日爲望，十六日爲既望。古劍蝶庵老人張岱題。

目録

卷三　西湖中路

卷四　西湖南路

卷五　西湖外景

西湖總記

明聖二湖

西湖古時又稱明聖湖，出自明人田汝成《西湖游覽志》。二湖：指裏湖和外湖。

自馬臻開鑒湖，馬臻：字叔薦，水利專家，東漢茂陵人，一說山陰人。順帝永和五年爲會稽太守。到任之初，即詳考農田水利，發動民衆，創立鑒湖。鑒湖：即鏡湖，在浙江省紹興城西南，爲浙江名湖之一。而由漢及唐，得名最早。後至北宋，西湖起而奪之，人皆奔走西湖，而鑒湖之澹遠，自不及西湖之冶艷矣。至于湘湖，湘湖：在今浙江省杭州市蕭山區西，北宋政和間築。則僻處蕭然，舟車罕至，故韵士高人無有齒及之者。余弟毅孺常比西湖爲美人，毅孺：作者張岱族弟張弘之，字毅孺。湘湖爲隱士，鑒湖爲神仙。余不謂然。余以湘湖爲處子，眠娗羞澀，『眠娗』最早見于《列子・力命》，表示假托之人名，如『眠娗、諈諉、勇敢、怯疑四人，相與游于世，胥如志也。』张湛注云：『眠娗，不开通貌。』明田汝成《西湖游覽志餘・委巷叢談》：『杭人言……蘊藉不暴躁者曰眠娗。』可見，『眠娗』意即『腼腆』，表示害羞貌。『眠娗』或即今『腼腆』之方俗音，正如明陳士元《俚言解》所云：『眠娗音緬忝，出《列子》，俗稱人柔媚爲眠娗。』《字義總略》云：『眠娗作緬腆。』猶及見其未嫁之時；而鑒湖爲名門閨淑，可欽而不可狎；狎：親近而態度不莊重，文中與『欽』相對。若西湖則爲曲中名妓，聲色俱麗，然倚門獻笑，人人得而媟褻之矣。媟褻：輕薄；猥褻。人人得而媟褻，故人人得而艷羨；人人得而艷羨，故人人得而輕慢。在春夏則熱鬧之，至秋冬則冷落矣；在花朝則喧哄之，至月夕則星散矣；在清明則萍聚之，至雨雪則寂寥矣。故余嘗謂：『善讀書，無過董遇三餘，而善游湖者，亦無過董遇三餘。』董遇曰：『冬者，歲之餘也；夜者，日之餘也；雨者，月之餘也。』雪巘古梅，巘：山，山頂。《詩・大雅・公劉》：『陟則在巘，復降在原。』何遜烟堤高柳；夜月空明，何遜朝花綽約；綽約：女子體態柔美的樣子，文中用以形容花之姿態。

雨色空濛，何遜晴光灧瀲。空濛：微雨迷茫貌。灧瀲：亦作「瀲灧」。水光耀貌。明湯顯祖《紫簫記·拾簫》：「雲母帳前灧瀲，多則過十千枝光滴滴的露影琉璃。」深情領略，是在解人。即湖上四賢，湖上四賢：謂李泌、白居易、蘇軾、林逋四人。明正德間，杭州郡守楊孟瑛建四賢堂以祭祀之。余亦謂樂天之曠達，固不若和靖之静深；樂天：白居易，字樂天，晚年又號香山居士，河南新鄭（今鄭州新鄭）人，唐代偉大的現實主義詩人。有《白氏長慶集》傳世，代表詩作有《長恨歌》《賣炭翁》《琵琶行》等。和靖：林逋，字君復，浙江大里黃賢村人。幼時刻苦好學，通曉經史百家。書載性孤高自好，喜恬淡，勿趨榮利。曾漫游江淮間，後隱居杭州西湖，結廬孤山。常駕小舟遍游西湖諸寺廟，與高僧詩友相往還。每逢客至，叫門童子縱鶴放飛，林逋見鶴必棹舟歸來。作詩隨就隨弃，從不留存。天聖六年卒。其侄林彰（朝散大夫）、林彬（盈州令）同至杭州，治喪盡禮。宋仁宗賜謚「和靖先生」。鄴侯之荒誕，自不若東坡之靈敏也。鄴侯：李泌，字長源，京兆人，唐朝大臣。天寶中，自嵩山上書論施政方略，深得玄宗賞識，令其待詔翰林，爲東宮屬言。爲楊國忠所忌，歸隱名山。安禄山叛亂，肅宗即位靈武，召他參謀軍事，又爲幸臣李輔國等誣陷，復隱衡岳。代宗即位，召爲翰林學士，又屢爲權相元載、常衮排斥，出爲外官。東坡：蘇軾，北宋文學家、書畫家。字子瞻，又字和仲，號東坡居士。眉州眉山人。與父蘇洵、弟蘇轍合稱「三蘇」。他在文學藝術方面堪稱全才。其文汪洋恣肆，明白暢達，與歐陽修并稱「歐蘇」，爲唐宋八大家之一；詩清新豪健，善用誇張比喻，在藝術表現方面獨具風格，與黃庭堅并稱「蘇黃」；詞開豪放一派，對後代很有影響，與辛弃疾并稱「蘇辛」；書法擅長行書、楷書，能自創新意，用筆豐腴跌宕，有天真爛漫之趣，與黃庭堅、米芾、蔡襄并稱「宋四家」；畫學文同，喜作枯木怪石，論畫主張神似。詩文有《東坡七集》等，詞有《東坡樂府》。其餘如賈似道之豪奢，孫東瀛之華贍，賈似道：字師憲，號悦生、秋壑，天台人。賈涉之子，南宋理宗時權臣，中國歷史上有名的奸臣之一。恭帝德祐元年遭罷官、貶逐，爲監送官鄭虎臣擅殺于漳州。孫東瀛：孫隆，號東瀛。明李樂《見聞雜記》（明萬曆刻清補修本）卷六記載：「司禮貴人孫隆，號東瀛，監蘇杭織造。此老讀書識事體，蘇杭山水景佳處，不惜厚費，多所點綴。』華贍：華美富麗。多用以形容文辭。雖在西湖數十年，用錢數十萬，其于西湖之性情、西湖之風味，實有未曾夢見者在也。世間措大，措大：舊稱貧寒的讀書人，多含貶義。何得易言游湖。

蘇軾《夜泛西湖》詩：

菰蒲無邊水茫茫，菰蒲：借指湖澤。荷花夜開風露香。漸見燈明出遠寺，更待月黑看湖光。

又《湖上夜歸》詩：

我飲不盡器，半酣尤味長。籃輿湖上歸，籃輿：古代供人乘坐的交通工具，形製不一，一般以人力抬着行走，類似後世的轎子。此處借指行船。春風吹面涼。

行到孤山西，夜色已蒼蒼。清吟雜夢寐，得句旋已忘。

尚記梨花村，依依聞暗香。

又《懷西湖寄晁美叔》詩：晁美叔：即宋代詩人晁端彦，字美叔，其先清豐人，後徙彭城。

西湖天下景，游者無愚賢。深淺隨所得，誰能識其全。

嗟我本狂直，早爲世所捐。獨專山水樂，付與寧非天。

三百六十寺，幽尋遂窮年。所至得其妙，心知口難傳。

至今清夜夢，耳目餘芳鮮。君持使者節，風采爍雲烟。

清流與碧巘，安肯爲君妍。胡不屏騎從，暫借僧榻眠。讀我壁間詩，清凉洗煩煎。煩煎：苦悶焦灼。策杖無道路，直造意所便。應逢古漁父，葦間自夤緣。問道若有得，買魚弗論錢。此四句典出《莊子・漁父》和《南史・隱逸傳》。《莊子》假托漁父口吻向孔子講述治國、人倫之道，令孔子恍然大悟、豁然開朗，贊嘆道：『故道之所在，聖人尊之。今漁父之于道，可謂有矣，吾敢不敬乎！』《南史》記載潯陽太守孫緬『見一輕舟，凌波隱顯。俄而漁父至，神韵蕭灑，垂綸長嘯。緬甚异之，乃問：「有魚賣乎？」漁父笑而答曰：「其釣非釣，寧賣魚者耶？」緬益怪焉。遂褰裳涉水，謂曰：「竊觀先生有道者也，終朝鼓枻，良亦勞止。吾聞黄金白璧，重利也；駟馬高蓋，榮勢也。今方王道文明，守在海外，隱鱗之士，靡然向風。子胡不贊緝熙之美，何晦用其若是也？」漁父曰：「僕山海狂人，不達世務，未辨賤貧，無論榮貴。」乃歌』。夤緣：循依而行。

李奎《西湖》詩：李奎：字伯文，號珠山，浙江錢塘人。

錦帳開桃岸，蘭橈繫柳津。鳥歌如勸酒，花笑欲留人。

蘇軾《開西湖》詩：

鐘磬千山夕，樓臺十里春。回看香霧裏，羅綺六橋新。

偉人謀議不求多，事定紛紜自唯阿。唯阿：《老子》：『唯之與阿，相去幾何。』唯、阿皆應諾聲。後因以『唯阿』喻差別極小。盡放龜魚還緑净，肯容蕭葦障前坡。

一朝美事誰能繼，百尺蒼崖尚可磨。天上列星當亦喜，月明時下浴金波。

周立勛《西湖》詩：周立勛：《松江府志》（嘉慶二十二年明倫堂刻本）卷五十五《古今人傳七・明》：『周立勛，字勒卣，華亭人。

以高纔負盛名，時婁江張采、張溥，吴門顧夢麟，虞山楊彝，金壇張明弼、周鍾，江右陳際泰、艾南英諸人聲望相潔，立勛與同郡夏允彝、徐孚遠、彭賓、陳子龍、杜麟征六子聯社以應之。』

平湖初漲緑如天，荒草無情不記年。猶有當時歌舞地，西泠烟雨麗人船。

夏煒《西湖竹枝詞》：夏煒：字汝華，號耀寰，浙江桐鄉人，明萬曆年間進士。

四面空波捲笑聲，湖光今日最分明。舟人莫定游何處，但望鴛鴦睡處行。

平湖竟日祇溟濛，溟濛：形容烟霧彌漫，景色模糊。不信韶光祇此中。笑拾楊花裝半臂，恐郎到晚怯春風。

行觴次第到湖灣，不許鶯花半刻閑。眼看誰家金絡馬，日駝春色向孤山。

春波四合没晴沙，晝在湖船夜在家。怪殺春風歸不斷，擔頭原自插梅花。

歐陽修《西湖》詩：歐陽修：字永叔，號醉翁，又號六一居士。吉安永豐人，自稱廬陵。謚號文忠，世稱歐陽文忠公。北宋卓越的文學家、史學家。

菡萏香消畫舸浮，菡萏：古人稱未開的荷花爲菡萏，即花苞。舸：大船。使君寧復憶揚州。都將二十四橋月，二十四橋：在江蘇省揚州市。杜牧《寄揚州韓綽判官》詩：『廿四橋明月夜，玉人何處教吹簫？』二十四橋有二説，一説謂二十四座橋，一説橋名『二十四』。換得西湖十頃秋。

趙子昂《西湖》詩：趙子昂：趙孟頫，字子昂，號松雪、松雪道人，又號水精宫道人、鷗波，中年曾作孟俯，吴興人。元代著名畫家，楷書四大家之一。趙孟頫博學多纔，能詩善文，懂經濟，工書法，精繪藝，擅金石，通律吕，解鑒賞。特别是書法和繪畫成就最高，開創元代新畫風，被稱爲『元人冠冕』。他也善篆、隸、真、行、草書，尤以楷、行書著稱于世。

春陰柳絮不能飛，雨足蒲芽緑更肥。祇恐前呵驚白鷺，獨騎款段繞湖歸。款段：原指馬行遲緩貌。此處借指馬。

袁宏道《西湖總評》詩：袁宏道：明代文學家。字中郎，又字無學，號石公，又號六休，荆州公安人。宏道在文學上反對『文必秦漢，詩必盛唐』的風氣，提出『獨抒性靈，不拘格套』的性靈説。與其兄袁宗道、弟袁中道并有纔名，合稱『公安三袁』。

龍井饒甘泉，飛來富石骨。蘇橋十里風，勝果一天月。勝果：指勝果寺。

錢祠無佳處，一片好石碣。孤山舊亭子，涼蔭滿林樾。『一片』句：據《朝野僉載》記載，庾信讀了温子升的《韓陵山寺碑》，南人問道：『北方文士何如？』庾信曰：『唯有韓陵山一片石堪共語！』此處化典以贊蘇軾《表忠觀碑記》。林樾：林木；林間隙地。

一年一桃花，一歲一白髮。南高看雲生，北高見月没。楚人無羽毛，能得幾游越。

范景文《西湖》詩：范景文：字夢章，號思仁，別號質公，河間府吴橋人。萬曆四十一年進士。歷官東昌府推官、吏部文選郎中、工部尚書兼東閣大學士。明亡，自殺殉節。著有《大臣譜》《戰守全書》。

湖邊多少游觀者，半在斷橋烟雨間。盡逐春風看歌舞，幾人着眼看青山。

張岱《西湖》詩：

追想西湖始，何緣得此名。恍逢西子面，大服古人評。古人評：蘇軾《飲湖上初晴後雨》有名句『欲把西湖比西子』。

冶艷山川合，風姿烟雨生。奈何呼不已，一往有深情。『奈何』二句：劉義慶《世説新語·任誕》云：『桓子野每聞清歌，輒唤「奈何」，謝公聞之曰：「子野可謂一往有深情。」』

一望烟光里，滄茫不可尋。吾鄉争道上，此地説湖心。『吾鄉』二句：《世説新語》説王子敬云：『從山陰道上行，山川自相映發，使人應接不暇，若秋冬之際，尤難爲懷。』張岱以自己家鄉之風景與西湖相比較而言。潑墨米顛畫，移情伯子琴。

南華秋水意，千古有人欽。米顛：指米芾，字元章，號襄陽漫士、鹿門居士、海嶽外史、淮陽外史，又號中嶽外史、净名庵主、溪堂、無礙居士，晚年號米老。祖籍太原，後遷居湖北襄陽，長期居潤州。北宋書法家、畫家、書畫理論家。以其行止違世脱俗，倜儻不羈，人稱『米顛』。伯子：即俞伯牙，春秋戰國時期晋國的上大夫，當時著名的琴師，擅彈古琴（是琴不是箏），技藝高超，既是彈琴能手，又是作曲家，被人尊爲『琴仙』。南華秋水：道教繼承道家學説，經魏晋南北朝的演變，老莊學説成爲道家思想的核心内容。莊子其人并被神化，奉爲神靈。唐玄宗天寶元年二月封他爲『南華真人』。《莊子》詔稱《南華真經》。此指《莊子·秋水》篇。

到岸人心去，月來不看湖。漁燈隔水見，堤樹帶烟糢。糢：古同『模』，此處猶言模糊。真意言詞盡，淡妝脂粉無。問誰能領略，此際有髯蘇。髯蘇：宋人蘇軾的别稱，以其多髯故。蘇軾《客位假寐》詩：『同僚不解事，愠色見髯蘇。』

又《西湖十景》詩：

一峰一高人，兩人相與語。此地有西湖，勾留不肯去。（兩峰插雲）

湖氣冷如冰，月光淡于雪。肯弃與三潭，杭人不看月。（三潭印月）

高柳蔭長堤，疏疏漏殘月。蹩躠步松沙，恍疑是踏雪。蹩躠：盡心用力貌。（斷橋殘雪）

夜氣滃南屏，輕嵐薄如紙。鐘聲出上方，夜渡空江水。南屏：在杭州西湖南岸，玉皇山北，九曜山東。因地處杭城之南，有石壁如屏障，故名南屏山。上方：指寺廟，在净慈寺門右邊，有一座『南屏晚鐘』碑亭，亭内有一古鐘，敲響時，山谷皆應，因山高穴多，湖面空曠，故其聲遠揚，響入雲霄，在歷史上久負盛名。（南屏晚鐘）

烟柳幕桃花，紅玉沉秋水。文弱不勝夜，西施剛睡起。（蘇堤春曉）

頰上帶微酡，解頤開笑口。酡：醉酒。泛指因喝酒而臉紅。解頤：開顔歡笑；歡笑。《漢書·匡衡傳》：『匡説《詩》，解人頤。』

顔師古注引如淳曰：『使人笑不能止也。』何物醉荷花，暖風原似酒。（曲院風荷）

深柳叫黄鸝，清音入空翠。若果有詩腸，不應比鼓吹。鼓吹：即鼓吹樂。古代的一種器樂合奏曲。亦即《樂府詩集》中的鼓吹曲。用鼓、鉦、簫、笳等樂器合奏。源于我國古代民族北狄。（柳浪聞鶯）

殘塔臨湖岸，頽然一醉翁。奇情在瓦礫，何必藉人工。（雷峰夕照）

秋空見皓月，冷氣入林皋。静聽孤飛雁，聲輕天正高。（平湖秋月）

深恨放生池，無端造魚獄。放生池：見本书卷三《西湖中路·放生池》。今來花港中，肯受人拘束。（花港觀魚）

柳耆卿《望海潮》詞：柳耆卿：柳永，崇安人。北宋詞人，婉約派最具代表性的人物之一，代表詞作有《雨霖鈴》。原名三變，字景莊。後改名永，字耆卿。排行第七，又稱柳七。宋仁宗朝進士，官至屯田員外郎，故世稱柳屯田。他自稱『奉旨填詞柳三變』，以畢生精力作詞，并以『白衣卿相』自許。

東南形勝，三吴都會，三吴：即吴郡、吴興郡、會稽郡等三郡轄地，這三郡都是從同一個吴郡（原稱會稽郡）中析置，因此其所轄地區被合稱爲『三吴』。錢塘自古繁華。烟柳畫橋，風簾翠幕，參差十萬人家。雲樹繞堤沙。怒濤卷霜雪，天塹無涯。市列珠璣，户盈羅綺，競豪奢。　重湖叠巘清佳，有三秋桂子，十里荷花。羌管弄晴，菱歌泛夜，嬉嬉釣叟蓮娃。千騎擁高牙。高牙：大纛；牙旗。《文選·潘岳〈關中詩〉》：『桓桓梁征，高牙乃建。』李善注：『牙，牙旗也。兵書曰：牙旗，將軍之旗。』李周翰注：『牙，大旗也。』宋辛弃疾《水調歌頭·送施樞密聖與帥江西》詞：『高牙千里東下，笳鼓萬貔貅。』乘醉聽簫鼓，吟賞烟霞。异日圖將好景，歸去鳳池誇。（金主閲此詞，慕西湖勝景，遂起投鞭渡江之思。）『金主』句：《鶴林玉露》記載柳耆卿作《望海潮》詞，流傳甚廣，爲金主完顔亮所聞，欣然慕之，『遂起投鞭渡江之志』。

于國寶《風入松》詞：于國寶：當爲俞國寶，字不詳，號醒庵。江西撫州臨川人。約宋寧宗慶元初前後在世。孝宗淳熙間爲太學生。南宋著名詩人，江西詩派著名詩人之一。性豪放，嗜詩酒，曾游覽全國名山大川，飲酒賦詩，留下不少膾炙人口的錦詞佳篇。著有《醒庵遺珠集》十卷。

一春常費買花錢，日日醉湖邊。玉驄慣識西湖路，玉驄：即玉花驄。泛指駿馬。驕嘶過、沽酒樓前。紅杏香中簫鼓，綠楊影裏秋千。暖風十里麗人天，花壓鬢雲偏。畫船載得春歸去，餘情付、湖水湖烟。明日重扶殘醉，來尋陌上花鈿。花鈿：金翠珠寶製成的花形首飾。唐白居易《長恨歌》：『花鈿委地無人收，翠翹金雀玉搔頭。』

卷一　西湖北路

玉蓮亭

白樂天守杭州，政平訟簡。貧民有犯法者，于西湖種樹幾株；富民有贖罪者，令于西湖開葑田數畝。葑田：湖澤中葑菱積聚處，年久腐化變爲泥土，水涸成田，是謂「葑田」。歷任多年，湖葑盡拓，樹木成蔭。樂天每于此地載妓看山，尋花問柳。居民設像祀之，亭臨湖岸，多種青蓮，以象公之潔白。右折而北，爲纜舟亭，樓船鱗集，高柳長堤。游人至此買舫入湖者，喧闐如市。喧闐：亦作「喧填」「喧嗔」。喧嘩，熱鬧。唐杜甫《鹽井》詩：「君子慎止足，小人苦喧闐。」東去爲玉鳧園，湖水一角，僻處城阿，舟楫罕到。寓西湖者，欲避囂雜，莫于此地爲宜。園中有樓，倚窗南望，沙際水明，常見浴鳧數百，出没波心，此景幽絶。

白居易《玉蓮亭》詩：

湖上春來似畫圖，亂峰圍繞水平鋪。松排山面千層翠，月照波心一點珠。碧毯緑頭抽早麥，青羅裙帶展新蒲。未能抛得杭州去，一半勾留是此湖。

孤山寺北謝亭西，水面初平雲脚低。孤山寺：古代杭州西湖孤山上的寺院。唐元稹《永福寺石壁法華經記》：「永福寺一名孤山寺，在杭州錢塘湖心孤山上，石壁《法華經》在寺之某所。」謝亭：當作「賈亭」。又叫賈公亭，西湖名勝之一。據《唐語林》卷六載，唐貞元中，賈全出任杭州刺史，于錢塘潮建亭，人稱「賈亭」或「賈公亭」，後廢。幾處早鶯争暖谷，誰家燕子啄新泥。亂花漸欲迷人眼，淺草猶能没馬蹄。最愛湖東行不足，緑楊深裏白沙堤。

昭慶寺

昭慶寺，自獅子峰、屯霞石發脉，堪輿家謂之火龍。獅子峰、屯霞石：二者均爲寶石山名勝。寶石山上奇石薈萃，有倚雲石、屯霞石、鳳翔石、落星石等，吴越王錢鏐封後者爲壽星石。山體屬火成岩中的凝灰岩和流紋岩，陽光映照，其色澤似翡翠瑪瑙，故稱『寶石山』。明《杭州府志》：『獅子峰在乳竇峰右，山石奇如獅狀。』堪輿家：古時爲占候卜筮者之一種。後專稱以相地看風水爲職業者，俗稱『風水先生』。《史記·日者列傳》：『孝武帝時，聚會占家問之，某日可取婦乎？五行家曰可，堪輿家曰不可。』石晋元年始創，毁于錢氏乾德五年。石晋：指後晋。公元九三六年石敬瑭滅後唐建國，國號晋，史稱後晋。錢氏乾德：五代時錢氏王朝宗奉宋太祖年號乾德。宋太平興國元年重建，立戒壇。太平興國：宋太宗趙匡義年號。天禧初，天禧：宋真宗年號。改名昭慶。是歲又火。迨明洪武至成化，洪武：明太祖年號；成化：明憲宗年號。凡修而火者再。四年奉敕再建，廉訪楊繼宗監修。廉訪：宋廉訪使者、元肅政廉訪使以及後世按察使的通稱。廉，通『覝』。楊繼宗：明代官員。字承芳，山西陽城人。天順元年進士。有湖州富民應募挈萬金來。殿宇室廬，頗極壯麗。嘉靖三十四年以倭亂，嘉靖：明世宗年號。恐賊據爲巢，遽火之。事平再造，遂用堪輿家説，闢除民舍，使寺門見水，以厭火災。隆慶三年復毁。隆慶：明穆宗年號。萬曆十七年，萬曆：明神宗年號。司禮監太監孫隆以織造助建，司禮監：明朝内廷特有的建置，居内務府十二監之首，二十四衙門之一。懸幢列鼎，絶盛一時。而兩廡櫛比，皆市廛精肆，廡：堂下周圍的走廊、廊屋，又泛指房屋。櫛比：像梳齒那樣密密地排列著。市廛：市中店鋪。奇貨可居。春時有香市，與南海、天竺、山東香客及鄉村婦女兒童，天竺：指杭州天竺山，在今杭州市西湖區。往來交易，人聲嘈雜，舌敝耳聾，抵夏方止。崇禎十三年又火，崇禎：明思宗年號。烟焰障天，湖水爲赤。及至清初，踵事增華，踵事增華：繼承前人的作爲而使之更美好。戒壇整肅，較之前代，尤更莊嚴。一説建寺時，爲錢武肅王八十大壽，錢武肅王：即錢鏐，字具美，一作巨美，小字婆留，杭州臨安人。五代吴越國創建者。唐末擁兵兩浙，統十二州，封吴王、吴越王，兼淮南節度使，後自稱吴越國王，在位四十一年。寺僧圓净訂緇流古樸、天香、勝蓮、勝林、慈受、慈雲等結蓮社，緇流：僧徒之屬。僧尼多穿黑衣，故稱。蓮社：佛教净土宗最初的結社。晋代廬山東林寺高僧慧遠與僧俗十八賢結社念佛，因寺池有白蓮，故稱。誦經放生，爲王祝壽。每月朔，朔：農曆每月初一。登壇設戒，居民行香禮佛，以昭王之功德，因名昭慶。今以古德諸號，即爲房名。古德：佛教徒對年高有道的高僧的尊稱。《景德傳燈録·諸方廣語》：『先賢古德，碩學高人，博達古今，洞明教網。』

袁宏道《昭慶寺小記》：

從武林門而西，望保俶塔突兀層崖中，則已心飛湖上也。午刻入昭慶，茶畢，即棹小舟入湖。山色如娥，花光似頰，温風如酒，波紋若綾，纔一舉頭，已不覺目酣神醉。此時欲下一語不得，大約如東阿王夢中初遇洛神時也。『大約』句：東阿王即陳王曹植，三國時魏國詩人。沛國譙人。此句用典，出自曹植《洛神賦》，傳説其過洛水時夢見洛水之神宓妃，驚其艷麗。余游西湖始此，時萬曆丁酉二月十四日也。晚同子公渡净寺，覓阿賓舊住僧房。子公：方文僎，字子公，新安人。窮困落拓，由袁中道薦與袁宏道，爲其料理筆札。阿賓：即袁中道，字小修，一作少修，明代文學家。『公安派』領袖之一，袁宗道、袁宏道胞弟。湖廣公安人。萬曆四十四年進士，授徽州府教授，止于吏部郎中。與其兄宗道、宏道并稱『三袁』，其成就次于宏道。其文學主張與宏道基本相同，强調性靈。他較兩兄晚歿，目睹模仿公安派的文人的流弊，晚年又形成以性靈爲中心兼重格調的思想。他的作品以散文爲優。游記文能直抒胸臆，文筆明暢；日記多有精粹文筆，對後世日記體散文有一定影響。著有《珂雪齋集》二十卷、《袁小修日記》二十卷。取道由六橋、岳墳、石徑塘而歸。次早陶石簣帖子至，陶石簣：陶望齡，字周望，號石簣，一作石簣，明會稽人。其弟陶奭齡，明代學者。字君奭，一字公望，號石梁，又號小柴桑老。王陽明之三傳弟子，與其兄陶望齡并稱『二陶』。十九日石簣兄弟同學佛人王静虚至，王静虚：指山陰人王贊化，静虚爲其字。湖山好友，一時湊集矣。

張岱《西湖香市記》：《西湖香市記》：選自張岱《陶庵夢憶》卷七，原名爲《西湖香市》。香市：指寺廟進香季節所設買賣香物、雜物等的集市。

西湖香市，起于花朝，盡于端午。山東進香普陀者日至，嘉湖進香天竺者日至，至則與湖之人市焉，故曰香市。然進香之人市于三天竺，市于岳王墳，市于湖心亭，市于飛來峰，無不市，而獨湊集于昭慶寺。昭慶寺兩廊故無日不市者，三代八朝之骨董，蠻夷閩貊之珍异，貊：中國古代用以稱東北方的少數民族。皆集焉。

至香市，則殿中邊、甬道上下、池左右、山門内外，有屋則攤，無屋則厰，厰外有篷，篷外又攤，節節寸寸。凡胭霜簪珥、胭：同『胭』，胭脂。王子可《小重山》：『鳳奩塵瑩恨，浥胭霜脂粉。』簪珥：髮簪和耳飾。古代多爲高貴婦女的首飾。牙尺剪刀，以至經典木魚、伢兒嬉具之類，伢兒：指小孩子，爲杭州方言。無不集。此時春暖，桃柳明媚，鼓吹清和，岸無留船，寓無留客，肆無留釀。袁石公所謂『山色如娥，花光似頰，温風如酒，波紋若綾』，已畫出西湖三月。而此以香客雜來，光景又别。士女閑都，閑都：文雅俊美。閑，通『嫻』。《漢書·司馬相如傳上》：『夫青琴、虙妃之徒，絶殊離俗，妖冶閑都。』顔師古注：『閑都，雅麗也。』不勝其村妝野婦之喬畫；芳蘭薌澤，不勝其合香芫荽之薰蒸；薌澤：香澤；香氣。薌，通『香』。《史記·滑稽列傳》：『羅襦襟解，微聞薌澤。』絲竹管弦，不勝其摇鼓吹笙之聒帳；吹笙：合奏笙。聒帳：謂通宵宴飲，管弦齊作。鼎彝光怪，不勝其泥人竹馬之行情；宋元名畫，不勝其湖景佛圖之紙貴。如逃如逐，如奔如追，撩撲不開，牽挽不住。數百十萬男男女女、老老少少，日簇擁于寺之前後左右者，凡四閲月方罷。恐大江以東，斷無此二地矣。崇禎庚辰，昭慶寺火。是歲及辛巳、壬午歲洊饑，洊饑：連年饑荒。宋陸游《思蜀》詩：『白首躬耕遇洊饑，江南自笑欲疇依。』民强半餓死。壬午道鯁山東，道鯁：謂道路阻塞。香客斷絶，無有至者，市遂廢。辛巳夏，余在西湖，但見城中饑殍舁出，饑殍：餓死之人。舁：抬，舉。扛撓相屬。時杭州劉太守夢謙，劉太守夢謙：崇禎年間進士，曾任杭州知府。汴梁人，鄉里抽豐者多寓西湖，日以民詞饋送。抽豐：亦作『抽風』。舊時指利用各種關係和藉口向人索取財物。有輕薄子改古詩誚之曰：『山不青山樓不樓，西湖歌舞一時休。暖風吹得死人臭，還把杭州送汴州。』古詩：指宋代林昇《題臨安邸》。可作西湖實録。

哇哇宕

哇哇石哇哇石：六藝書局本《西湖夢尋》作『哇哇石』，明《杭州府志》卷二十二《山水三·錢塘縣》（民國鉛印本）作『哇哇宕』。清陸次雲《湖壖雜記》有『棋盤山哇哇宕』。在棋盤山上。昭慶寺後有石池，深不可測，峭壁橫空，方圓可三四畝，空谷相傳，聲喚聲應，如小兒啼焉。上有棋盤石，聳立山頂。其下烈士祠，爲朱蹕、金勝、祝威諸人，朱蹕、金勝、祝威：三人皆爲抗擊金兵而亡的錢塘縣官吏和將領。據明《杭州府志》記載，宋建炎三年，金兵南下，宋高宗趙構弃城出走。錢塘縣令朱蹕、尉曹將金勝、祝威率軍民抗擊。朱蹕戰死，金、祝二將調遣兵力，巧借地形，用竹木鋪設陷阱，誘敵深入，幾番得勝，終因奸細引金兵入城。金、祝寡不敵衆，英勇就義。鄉人立祠曰『金祝二太尉廟』。淳祐十年賜額曰『靈衛』，景定二年安撫洪燾爲請封爵，詔封金曰忠佐侯，祝曰忠佑侯。咸淳四年，士民請增祀，蹕封顯忠侯。皆宋時死金人難者，以其生前有護衛百姓功，故至今祀之。

屠隆《哇哇宕》詩：屠隆：明代文學家、戲曲家。字長卿，一字緯真，號赤水、鴻苞居士，浙江鄞縣人。萬曆五年進士，曾任吏部主事、郎中等官職，後罷官回鄉。著有《栖真館集》《由拳集》《采真集》《南游集》《鴻苞集》等。

昭慶莊嚴盡佛圖，如何空谷有呱呱。千兒乳墜成賢劫，五覺聲聞報給孤。『千兒』句：乳墜謂出生。賢劫乃佛教語，指有釋迦佛等千佛出世的現在劫。與過去莊嚴劫、未來星宿劫并稱爲三大劫，爲佛教宏觀的時間觀念之一。『五覺』句：五覺指本覺、始覺、相似覺、隨分覺、究竟覺，乃佛家修行悟道的過程。聲聞：佛家稱聞佛之言教，證四諦之理的得道者。常指羅漢。給孤，即給孤獨園，古印度的佛教五大道場之一，佛教長者的説法之處。流出桃花緣古宕，飛來怪石入冰壺。隱身岩下傳消息，任爾臨崖動地呼。

大佛頭

大石佛寺，考舊史，秦始皇東游入海，纜舟于此石上。後因賈平章住裹湖葛嶺，宋大内在鳳凰山，賈平章：即賈似道，字師憲，號悦生、秋壑，天台人。賈涉之子，涉死時，年僅十一。後以父蔭爲嘉興司倉。宋大内：指南宋皇城。鳳凰山：見卷五《西湖外景·鳳凰山》。相去二十餘里，平章聞朝鐘響，即下湖船，不用篙楫，用大錦纜絞動盤車，篙楫：篙槳等行船的工具。王樹枏《武漢戰紀》：『行半時許，雨傾盆下，風迎面相搏擊，波浪洶涌，篙楫不克。』大錦：又稱重錦，傳統宋錦一個大類名稱。被廣泛用于裝裱名貴書畫及裝飾品，也可以作爲華麗服裝材料等。文中指用錦做的纜繩。盤車：一種借助水力將船推向前進的裝置。則舟去如駛。大佛頭，其繫纜石椿也。平章敗，後人鐫爲半身佛像，飾以黄金，構殿覆之，名大石佛院。至元末毁。明永樂間，永樂：明成祖朱棣年號。僧志琳重建，敕賜大佛禪寺。賈秋壑爲誤國奸人，其于山水書畫古董，凡經其鑒賞，無不精妙。所製錦纜亦自可人。一日臨安失火，賈方在半閑堂鬭蟋蟀，報者絡繹，賈殊不顧，但曰：『至太廟則報。』俄而，報者曰：『火直至太廟矣！』賈從小肩輿，肩輿：代步工具，由人抬着走。《資治通鑑》：『導使睿乘肩輿，具威儀。』胡注：『肩輿，平肩輿也，人以肩舉之而行。』四力士以椎劍護，舁輿人里許即易，倏忽至火所，下令肅然，不過曰：『焚太廟者，斬殿帥。』殿帥：宋代稱統領禁軍的殿前都指揮使或殿前指揮使爲殿帥。宋葉夢得《石林燕語》卷十：『宋守約爲殿帥，自入夏日，輪軍校十數輩捕蟬，不使得聞聲。』于是帥率勇士數十人，飛身上屋，一時撲滅。賈雖奸雄，威令必行，亦有快人處。

張岱《大石佛院》詩：

余少愛嬉游，名山恣探討。泰岳既峗峨，補陀復杳渺。補陀：即浙江佛教名山普陀山。杳渺：悠遠、渺茫貌。《鏡花緣》：『豈可因事杳渺，人有妍媸，一并使之泯滅？』天竺放光明，齊雲集百鳥。

活佛與靈神，金身皆藐小。自到南明山，石佛出雲表。南明山：在浙江省新昌縣西南，此處有大佛寺，有依崖雕成的彌勒佛一尊，于南朝齊永明四年開雕，梁天監十五年完成。食指及拇指，七尺猶未了。

寶石更特殊，當年石工巧。礐石數丈高，止塑一頭腦。礐石：即大石。量其半截腰，丈六猶嫌少。

問佛幾許長，人天不能曉。但見往來人，盤旋如虱蚤。而我獨不然，參禪已到老。

入地而摩天，何在非佛道。色相求如來，巨細皆心造。色相：佛教指事物的形狀外貌。出自《華嚴經》卷一：『無邊色相，圓滿光明。』巨細：大和小。我視大佛頭，仍然一莖草。

甄龍友《西湖大佛頭贊》：甄龍友：後改良友，字雲卿，永嘉人，遷居樂清。、名冠一時。

色如黃金，面如滿月。盡大地人，祇見一橛。

保俶塔

寶石山高六十三丈，周一十三里。錢武肅王封壽星寶石山，羅隱爲之記。羅隱：唐文學家。字昭諫，本名橫，二十歲應進士舉，十次不中，遂改名羅隱。其絶頂爲寶峰，有保叔塔，一名寶所塔，蓋保俶塔也。宋太平興國元年，吳越王俶聞唐亡而懼，吳越王俶：即吳越國國王錢俶，原名弘俶，小字虎子，改字文德，臨安人。唐亡：此處唐指五代十國時的南唐，爲北宋所滅。乃與妻孫氏、子惟濬、孫承祐入朝，恐其被留，許造塔以保之。稱名，尊天子也。至都，賜禮賢宅以居，賞賚甚厚。賚：賜予，給予。留兩月遣還，賜一黃袱，袱：包裹或覆蓋用的布單。封識甚固，戒曰：『途中宜密觀。』及啓之，則皆群臣乞留俶章疏也。俶甚感懼。既歸，造塔以報佛恩，保俶之名遂誤爲保叔，不知者遂有『保叔緣何不保夫』之句。俶爲人敬慎，放歸後，每視事，徙坐東偏，謂左右曰：『西北者，神京在焉，天威不違顏咫尺，俶敢寧居乎！』『天威』句：原謂天鑒察不遠，威嚴如常在面前。後以『咫尺天顏』比喻離天子容顏極近。亦指天子之顏。語出《左傳·僖公九年》。每修省入貢，焚香而後遣之。未幾，以地歸宋，封俶爲淮海國王。其塔元至正末毀，僧慧炬重建。至正：元惠宗的第三個年號，也是元朝最後一個年號。明成化間又毀，正德九年僧文鏞再建。成化：明憲宗年號。正德：明武宗年號。嘉靖元年又毀，二十二年僧永固再建。隆慶三年大風折其頂，塔亦漸圮，圮：《説文》：『圮，毀也。』萬曆二十二年重修。其地有壽星石、屯霞石。壽星石：明《杭州府志》（民國鉛印本）記載：『壽星石，古塔山北有落星二石。（郡國志）在錢塘門外巨石山南嶺謂之青山，頂有二圓石，湖中望之若星墜焉。（咸淳志）二浮石大約數十圍，一在山上，一在山之北，原錢氏封爲壽星寶石。（成化志）舊名落星，塊然無根，望之如斫。』去寺百步有看松臺，俯臨巨壑，淩駕松杪，看者驚悸。塔下石壁孤峭，緣壁有精廬四五間，爲天然圖畫閣。

黄久文《冬日登保俶塔》詩：黄久文：生平不可考。

當峰一塔微，落木净烟浦。日寒山影瘦，霜泐石棱苦。泐：原指石頭因風化遇水而形成的裂紋，《説文》：『泐，水石之理也。』本處指霜凝結後形成的紋理。山雲自悠然，來者適爲主。與子欲談心，松風代吾語。

夏公謹《保俶塔》詩：夏公謹：夏言，字公謹，江西貴溪人。明正德進士。初任兵科給事中，以正直敢言自負。世宗繼位，疏陳武宗朝弊政，受帝賞識。裁汰親軍及京師衛隊冗員三千二百人，出按皇族莊田，悉奪還民産。豪邁强直，縱横辯博，受寵升至禮部尚書兼武英殿大學士入參機務，不久又擢爲首輔。嘉靖二十七年議收復河套事，遭誣陷，被弃市。其詩文宏整，又以詞曲擅名。有《桂洲集》。

客到西湖上，春游尚及時。石門深歷險，山閣静憑危。午寺鳴鐘亂，風潮去舫遲。清樽歡不極，醉筆更題詩。

錢思復《保俶塔》詩：錢思復：即錢惟善，字思復，自號心白道人、武夷山樵者，錢塘人。元至元元年，參加江浙省試，考題爲《羅刹江賦》。當時應考者達三千多人，都不知羅刹江出處，衹有惟善引用枚乘的《七發》證明錢塘之曲江，即爲羅刹江，大爲主考官所稱賞，因而名聲遠揚，自號曲江居士。至正元年，以鄉薦官至儒學副提舉。張士誠占領江浙後，退隱吴江筒川，後又遷居華亭。明洪武初年卒，與楊維楨、陸居仁合葬于干山，人稱三高士墓。惟善長于《毛詩》，兼工詩文。有《江月松風集》十二卷傳世。又兼長書法，作品有《幽人詩帖》《田家詩帖》等。事迹收録于《續弘簡録》。

金刹天開畫，鐵檐風語鈴。野雲秋共白，江樹晚逾青。鑿屋岩藏雨，黏崖石墜星。下看湖上客，歌吹正沉冥。

瑪瑙寺

瑪瑙坡在保俶塔西，碎石文瑩，質若瑪瑙，土人采之，以鐫圖篆。晉時遂建瑪瑙寶勝院，元末毁，明永樂間重建。有僧芳洲，僕夫藝竹得泉，藝：意爲種植。遂名僕夫泉。山巔有閣，凌空特起，憑眺最勝，俗稱瑪瑙山居。寺中有大鐘，侈弇齊適，侈弇：指鐘口的大與小。《考工記》曰：『……侈弇之所由興，有説。』孔穎達疏：『侈謂鐘口寬大，弇謂鐘口內小。』舒而遠聞，上鑄《蓮經》七卷，《蓮經》：《妙法蓮華經》，簡稱《法華經》，後秦鳩摩羅什譯，七卷二十八品，六萬九千餘字。《法華經》是佛陀釋迦牟尼晚年所説教法，屬于開權顯實的圓融教法，大小無异，顯密圓融，顯示人人皆可成佛之一乘了義。《金剛經》三十二分。《金剛經》：全稱《金剛般若波羅蜜經》，一卷，印度大乘佛教般若系經典，後秦鳩摩羅什譯。般若，梵語，意爲智慧；波羅蜜，梵語，意爲到彼岸。以金剛比喻智慧之鋭利、頑强、堅固，能斷一切煩惱，故名。《金剛經》是禪宗所依據的重要經典之一。晝夜十二時，供六僧撞之。每撞一聲，則《法華》七卷、《金剛》三十二分，字字皆聲。吾想法夜聞鐘，法夜：法夜在此不易理解，有人認爲當爲『清夜』。清康熙刻本、清光緒九年刻本、六藝書局本《西湖夢尋》皆作『法夜』。起人道念，一至旦晝，無不牿亡。牿亡：受遏製而消亡。今于平明白晝時聽鐘聲，猛爲提醒，大地山河，都爲震動，則鏗鍧一響，鏗鍧：形容聲音洪亮。《文選·班固〈東都賦〉》：『鐘鼓鏗鍧，管弦燁煜。』李周翰注：『鏗鍧，聲也。』是竟《法華》一轉、《般若》一轉矣。內典云：『人間鐘鳴未歇際，地獄衆生刑具暫脱此間也。』內典：佛教徒稱佛經爲內典。鼎革以後，鼎革：建立新的，革除舊的。此指由明入清。恐寺僧惰慢，不克如前。

張岱《瑪瑙寺長鳴鐘》詩：

女媧煉石如煉銅，鑄出梵王千斛鐘。女媧煉石：《淮南子·覽冥訓》：『女媧煉五色石以補蒼天。』相傳女媧煉成三萬六千五百顆五彩石，用來修補被共工撞塌的天空。梵王：指色界初禪天的大梵天王。亦泛指此界諸天之王。僕夫泉清洗刷早，半是頑銅半瑪瑙。錘金琢玉昆吾刀，盤旋鐘鈕走蒲牢。昆吾：山名。《山海經·中山經》：『又西二百里曰昆吾之山，其上多赤銅。』郭璞注：『此山出名銅，色赤如火，以之作刃，切玉如割泥也。』唐崔融《咏寶劍》：『寶劍出昆吾，龜龍夾彩珠。』昆吾刀，即用昆吾石冶煉成鐵製作的刀。鐘鈕：鐘上用以懸繫的部分。蒲牢：古代傳説中的一種生活在海邊的獸。據説它吼叫的聲音非常宏亮，故古人常在鐘上鑄上蒲牢的形象。後因以『蒲牢』爲鐘的別名。十萬八千法華字，金剛般若居其次。貝葉靈文滿背腹，一聲撞破蓮花獄。貝葉：古代印度人用以寫經的樹葉。亦借指佛經。萬鬼桁楊暫脱離，桁楊：古代用于套在囚犯脚或頸上的一種枷。不愁漏盡啼荒雞。晝夜百刻三千杵，菩薩慈悲泪如雨。森羅殿前免刑戮，惡鬼猙獰齊退役。一擊淵淵大地驚，青蓮字字有潮音。淵淵：鼓聲。亦泛用作象聲詞。潮音：潮水的聲音。亦指僧衆誦經之聲。特爲衆生解冤結，共聽毗盧廣長舌。毗盧：毗盧舍那的簡稱，佛名。廣長舌：指佛的舌頭。據説佛舌廣而長，覆面至髮際，故名。《大智度論》卷八：『是時佛出廣長舌，覆面上至髮際，語婆羅門言：「汝見經書，頗有如此舌人而作妄語不？」』敢言佛説盡荒唐，勞我闍黎日夜忙。闍黎：亦作『闍梨』，『阿闍梨』的略稱，義爲教育僧徒的軌範師，高僧，泛指僧。安得成湯開一面，吉網羅鉗都不見。成湯開一面：《史記·殷本紀》：『湯出，見野張網四面，祝曰：「自天下四方，皆入吾網。」湯曰：「嘻，盡之矣！」乃去其三面，祝曰：「欲左，左；欲右，右。不用命，乃入吾網。」諸侯聞之，曰：「湯德至矣，及禽獸。」』後因以『網開三面』喻法令寬大，恩澤遍施。也稱『網開一面』。吉網羅鉗：唐天寶初，李林甫爲相，任酷吏吉温、羅希奭爲御史。吉、羅承李旨意，誣陷异己，製造冤獄，時稱『羅鉗吉網』。事見《舊唐書·酷吏傳下·羅希奭》。後因以『吉網羅鉗』比喻酷吏朋比爲奸，陷害無辜。

智果寺

智果寺舊在孤山，錢武肅王建。宋紹興間，造四聖觀，紹興：宋高宗年號。四聖觀：詳參卷三之《六一泉》。徙于大佛寺西。先是東坡守黄州，於潛僧道潛，於潛：今浙江臨安市西於潛縣。道潛：北宋詩僧。本姓何，字參寥，賜號妙總大師，於潛浮村人。自幼出家。與蘇軾諸人交好，軾謫居黄州時，他曾專程前去探望。元祐中，住杭州智果禪院。因寫詩語涉譏刺，被勒令還俗。後得昭雪，復削髮爲僧。著有《參寥子集》。號參寥子，自吴中來訪，東坡夢與賦詩，有『寒食清明都過了，石泉槐火一時新』之句。後七年，東坡守杭，參寥卜居智果，有泉出石罅間。罅：縫隙，裂縫。寒食之明日，寒食：節日名。在清明前一日或二日。相傳春秋時晋文公負其功臣介子推，介遂隱于綿山。文公悔悟，燒山逼令出仕，子推抱樹焚死。人們同情介子推的遭遇，相約于其忌日禁火冷食，以爲悼念。以後相沿成俗，謂之寒食。東坡來訪，參寥汲泉煮茗，適符所夢。東坡四顧壇壝，壇壝：壇場，祭祀之所。《周書·武帝紀上》：『丁亥，初立郊丘壇壝製度。』謂參寥曰：『某生平未嘗至此，而眼界所視，皆若素所經歷者。自此上懺堂，當有九十三級。』數之，果如其言，即謂參寥子曰：『某前身寺中僧也，今日寺僧皆吾法屬耳，吾死後，當捨身爲寺中伽藍。』伽藍：『伽藍神』的省稱。本爲『僧伽藍摩』譯音的略稱，意爲衆園或僧院，即僧衆居住的庭園。後因稱佛寺爲伽藍。參寥遂塑東坡像，供之伽藍之列，留偈壁間，有『金剛開口笑鐘樓，樓笑金剛雨打頭，直待有鄰通一綫，兩重公案一時修』。後寺破敗。崇禎壬申，崇禎：明思宗年號。崇禎壬申，即崇禎五年。有揚州茂䊮鮑同德字有鄰者，來寓寺中。東坡兩次入夢，屬以修寺，鮑辭以『貧士安辦此』。公曰：『子第爲之，自有助子者。』次日，見壁間偈有『有鄰』二字，遂心動立願，作《西泠記夢》，見人輒出示之。一日至邸，遇維揚姚永言，邸：本義指戰國時諸侯或朝見周王時在京城的住所。泛指官員辦事或居住的處所。姚永言：即姚思孝，字永言，江都人。崇禎年間進士，曾任大理寺卿。備言其夢。座中有粵東謁選進士宋公兆禴者，謁選：官吏赴吏部應選。明何良俊《四友齋叢説·史四》：『壬子年秋，余謁選至京。』甚爲駭异。次日，宋公筮仕，筮仕：古人將出做官，卜問吉凶。《左傳·閔公元年》：『初，畢萬筮仕于晉，遇屯之比。』遂得仁和。永言慫恿之，宋公力任其艱，寺得再葺。葺：原指用茅草覆蓋房子，後泛指修理房屋。時有泉適出寺後，好事者仍名之參寥泉焉。

六賢祠

宋時西湖有三賢祠兩：其一在孤山竹閣，竹閣：樓閣名。在浙江杭州孤山附近，今廢。宋姜夔《卜運算元》詞之三：『涼觀酒初醒，竹閣吟纔就。』三賢者，白樂天、林和靖、蘇東坡也；其一在龍井資聖院，三賢者，趙閱道、僧辨才、蘇東坡也。趙閱道：趙抃，宋文學家。字閱道，自號知非子，衢州西安人。詩以五言近體爲優，如《暖風》《芳草》等詩清新明快。著有《清獻集》傳世。寶慶間，袁樵移竹閣三賢祠于蘇公堤，寶慶：南宋理宗的年號。袁樵：即袁韶，字彦淳，淳熙十四年登進士第。嘉泰年間，任吴江縣丞。任上重新定立户籍、徭役製度，與蘇師旦對立。後遷桐廬知縣，任上上書免除了桐廬不必要的石料之徵，受當地百姓愛戴。嘉定四年，召爲太常寺主簿，桐廬百姓夾道歡送，直送至富陽。曾任右司郎官，接待陪同金國來使，不失國格。任臨安府尹近十年，擅于處理複雜案件，平反很多冤假錯案，百姓稱他作『佛子』。紹定元年，任參知政事，參與國家機務。曾任浙西製置使，向史彌遠舉薦崔福。端平初年，授宫觀官，逝世時年七十七，贈少傅、太師，封越國公。建亭館以沽官酒。或題詩云：『和靖東坡白樂天，三人秋菊薦寒泉。而今滿面生塵土，却與袁樵趁酒錢。』又據陳眉公筆記，陳眉公：即陳繼儒，明代文學家、書畫家。字仲醇，號眉公、麋公，華亭人。諸生，年二十九隱居小昆山，後居東佘山，杜門著述，工詩善文，書法蘇、米，兼能繪事，屢奉詔徵用，皆以疾辭。擅墨梅、山水，畫梅多册頁小幅，自然隨意，意態蕭疏。論畫倡導文人畫，持南北宗論，重視畫家的修養，贊同書畫同源。有《梅花册》《雲山卷》等傳世。著有《妮古録》《小窗幽記》等。錢塘有水仙王廟，林和靖祠堂近之。東坡先生以和靖清節映世，遂移神像配食水仙王。配食：祔祭；配享。黄山谷有《水仙花》詩用此事：『錢塘昔聞水仙廟，荆州今見水仙花。暗香靚色撩詩句，宜在孤山處士家。』處士：本指有纔德而隱居不仕的人，後亦泛指未做過官的士人。《孟子·滕文公下》：『聖王不作，諸侯放恣，處士横議，楊朱、墨翟之言盈天下。』則宋時所祀，止和靖一人。明正德三年，郡守楊孟瑛重浚西湖，楊孟瑛：字温甫，重慶豐都人。明弘治十六年出任杭州知州。其時西湖淤塞，楊孟瑛實施疏浚，清除侵占西湖水面形成的田蕩近三千五百畝，并以疏浚産生的淤泥、葑草在西裏湖上築成一條呈南北走向，北起仁壽山、馬嶺山脚，南至赤山埠、錢糧司嶺東麓，連接丁家山、眠牛山等的長堤，堤上建六橋。後人爲紀念楊孟瑛，稱此堤爲『楊公堤』，堤上六橋爲『裏六橋』。立四賢祠，以祀李鄴侯，白、蘇、林三人，杭人益以楊公，稱五賢。而後乃祧楊公，增祀周公志新、王公弇州，周新：廣東南海人。初名周志新，字日新。因明成祖常獨呼他『新』，遂爲名，因以志新字。洪武年間以諸生身份進入太學，官大理寺評事，以善于斷獄著稱，人稱『冷面寒鐵』。因權貴讒害被明成祖誤殺，後成祖封其爲杭州城隍。王公弇州，即王世貞，字元美，號鳳洲，又號弇州山人，太倉人。明代文學家、史學家。『後七子』領袖之一。官刑部主事，纍官至南京刑部尚書，稱疾歸，卒贈太子少保。好爲古詩文，始與李攀龍共爲文壇盟主，攀龍死，獨主文壇二十年。有《弇山堂别集》《嘉靖以來首輔傳》《觚不觚録》《弇州山人四部稿》等。稱六賢祠。張公亮曰：『湖上之祠，宜以久居其地，與風流標令，爲山水深契者，乃列之。周公冷面，且爲神明，有别祠矣。張公亮：即張明弼，明代文學家、學者。字公亮，金壇人。崇禎六年舉人，十年進士，授廣東揭陽縣令。政績卓著，秩滿，被讒謫爲浙江按察司照磨，群議不平，始調台州推官。年逾，擢户部陝西司主事，憤馬士英、阮大鋮當國，不赴。早年師從曹大章，古文詩賦名重一時。與冒襄等五人義結金蘭，爲復社重要成員。其《避風岩記》爲散文名篇。弇州文人，與湖非久要，今并四公而坐，恐難熟熱也。』人服其確論。

張明弼《六賢祠》詩：

山川亦自有聲氣，西湖不易與人熱。
五日京兆王弇州，冷面臬司號寒鐵。五日京兆：西漢時期，平通侯楊惲居功自傲被判死刑，與楊惲有關的官員幾乎都被停職。他的朋友京兆尹張敞因爲受漢宣帝的信任暫時没有停職，張敞的手下絮舜聽説張敞即將停職，説他是『五日京兆』而拒絶辦公，張敞在下任之前嚴懲絮舜。比喻任職時間不會長或即將去職，也指凡事不作長久打算。『冷面』句：周新有『冷面寒鐵』的稱號。臬司：對宋各路提點刑獄司、元代肅政廉訪使司與明清各省提刑按察使司的簡稱。臬司主管一省司法，也借稱廉訪使或按察使。臬司即提刑按察使司，設按察使，正三品，掌一省刑名按劾之事，主要負責一省的刑獄訴訟事務，同時對地方官有監察之責。
原與湖山非久要，心胸不復留風月。
猶議當時李鄴侯，西泠尚未通舟楫。
惟有林蘇白樂天，真與烟霞相結納。
風流俎豆自千秋，松風菊露梅花雪。

西泠橋

西泠橋一名西陵，或曰即蘇小小結同心處也。蘇小小：相傳爲南齊時錢塘名妓，見卷三《西湖中路·蘇小小墓》。及見方子公詩有云：『數聲漁笛知何處，疑在西泠第一橋。』陵作泠，蘇小恐誤。余曰：『管不得，祇西陵便好。且白公斷橋詩「柳色青藏蘇小家」，斷橋去此不遠，豈不可借作西泠故實耶！』昔趙王孫孟堅子固常客武林，值菖蒲節，周公謹同好事者邀子固游西湖。趙王孫孟堅子固：趙孟堅，南宋畫家。字子固，號彝齋；宋宗室，爲太祖十一世孫，浙江湖州人。曾任湖州掾、轉運司幕、諸暨知縣、提轄左帑。工詩善文，家富收藏，擅畫梅、蘭、竹、石，尤精白描水仙；其畫多用水墨，用筆勁利流暢，淡墨微染，風格秀雅，深得文人推崇。有書法墨迹《自書詩卷》，繪畫《墨蘭圖》《墨水仙圖》《歲寒三友圖》等傳世，著《彝齋文編》四卷。武林：指杭州。菖蒲節：指端午節。周公謹：即周密，字公謹，號草窗，又號霄齋、蘋洲、蕭齋，晚年號四水潛夫、弁陽老人、弁陽嘯翁、華不注山人。宋末曾任義烏令等職，南宋末年詞人、文學家。祖籍濟南，先人因隨高宗南渡，流寓吴興，置業于弁山南。一説其祖後自吴興遷杭州，周密出生于杭州。宋寶祐間爲義烏縣令。景定二年，任浙西帥司幕官。宋亡，入元不仕，隱居弁山。後家業毁于大火，移居杭州癸辛街。周密善詩詞，能書畫，雅好醫藥。著有筆記集《齊東野語》《志雅堂雜鈔》《癸辛雜識》《武林舊事》等。酒酣，子固脱帽，以酒晞髮，箕踞歌《離騷》，箕踞：一種輕慢、不拘禮節的坐姿，即隨意張開兩腿坐著，形似簸箕。《離騷》：戰國時期著名詩人屈原的代表作，是中國古代詩歌史上最長的一首浪漫主義的政治抒情詩。詩人從自叙身世、品德、理想寫起，抒發了自己遭讒被害的苦悶與矛盾，斥責了楚王昏庸、群小猖獗與朝政日非，表現了詩人堅持『美政』理想，抨擊黑暗現實，不與邪惡勢力同流合污的鬥争精神和至死不渝的愛國熱情。旁若無人。薄暮入西泠橋，掠孤山，艤舟茂樹間，艤：停船靠岸。

指林麓最幽處，瞪目叫曰：『此真洪谷子、董北苑得意筆也。』洪谷子：即荆浩，五代後梁畫家，博通經史，并長于文章。字浩然，生于唐朝末年，大約卒于五代後唐時期。出生地過去一直被誤爲山西沁水，實爲河南濟源。士大夫出身，後梁時期因避戰亂，曾隱居于太行山洪谷，故自號『洪谷子』。擅畫山水，常携筆摹寫山中古松。所作雲中山頂，能畫出四面峰巒的雄偉氣勢。自稱兼得吴道子用筆及項容用墨之長，創造水暈墨章的表現技法。董北苑：即董源，五代畫家。一作董元，字叔達，江西鍾陵人，自稱『江南人』。生卒年不詳，主要活動在南唐中主時期。事南唐中主李璟時任北苑副使，故又稱『董北苑』，南唐亡後入宋，被看作南派山水畫的開山大師。畫史上把董源、范寬、李成稱爲北宋初年的三大家。董源不僅以畫山水見長，也能畫牛、虎、龍及人物。宋代沈括稱他『多寫江南真山，不爲奇峭之筆』。

鄰舟數十，皆驚駭絶嘆，以爲真謫仙人。謫仙人：謫居世間的仙人。常用以稱譽纔學優异的人。又專指謫仙李白。得山水之趣味者，東坡之後，復見此人。

袁宏道《西泠橋》詩：

西泠橋，水長在。松葉細如針，不肯結羅帶。
鶯如衫，燕如釵。油壁車，砍爲柴。青驄馬，自西來。
昨日樹頭花，今朝陌上土。恨血與啼魂，一半逐風雨。

《桃花雨》詩：

淺碧深紅大半殘，惡風催雨剪刀寒。
桃花不比杭州女，洗却胭脂不耐看。

李流芳《西泠橋題畫》：李流芳：明代詩人、書畫家。字長蘅，一字茂宰，號檀園、香海、古懷堂、滄庵，晚號慎娱居士、六浮道人。歙縣人，僑居嘉定（今屬上海市）。三十二歲中舉，後絕意仕途。詩文多寫景酬贈之作，風格清新自然。與唐時升、婁堅、程嘉燧合稱『嘉定四先生』。擅畫山水，學吴鎮、黄公望，峻爽流暢，爲『畫中九友』之一。亦工書法。

余嘗爲孟暘題扇：『多寶峰頭石欲摧，西泠橋邊樹不開。輕烟薄霧斜陽下，曾泛扁舟小築來。』西泠橋樹色真使人可念，橋亦自有古色。近聞且改築，當無復舊觀矣。對此悵然。孟暘：即程嘉燧，明代書畫家、詩人。字孟暘，號松圓、偈庵，又號松圓老人、松圓道人、偈庵居士、偈庵老人、偈庵道人。晚年皈依佛教，釋名海能。休寧人，應試無所得，僑居嘉定，折節讀書，工詩善畫，通曉音律，與同里婁堅、唐時升并稱『練川三老』。謝三賓合三人及李流芳詩文，刻爲《嘉定四先生集》。有《浪淘集》。

岳王墳

岳鄂王死，岳鄂王：即岳飛，字鵬舉。北宋相州湯陰縣永和鄉孝悌里人。著名戰略家、軍事家、抗金名將。後遭秦檜陷害，被殺。嘉定四年追封爲鄂王。獄卒隗順負其尸，逾城至北山以葬。後朝廷購求葬處，順之子以告。及啓棺如生，乃以禮服殮焉。隗順，史失載。今之得以崇封祀享，肸蠁千秋，肸蠁：亦作『肹蠁』。本指散布、彌漫。多指聲響、氣體的傳播。引申爲連綿不絶。文中指百世流芳。皆順力也。倪太史元璐曰：『岳王祠泥範忠武，鐵鑄檜、卨，人之欲不朽檜、卨也，甚于忠武。』倪太史元璐：倪元璐，明末官員、書法家。字汝玉，一作玉汝，號鴻寶，浙江上虞人。明天啓二年進士，歷官至户、禮兩部尚書。李自成入京，自縊死。福王謚文正。書畫俱工，嘗喜寫文石，以水墨生暈，有蒼潤古雅之致。所畫山水，山皆峻嶒兀屼，林木則蒼莽葱鬱，皴法喜用大小斧劈，總不屑描頭畫角，以取媚于人。卒年五十二。檜、卨：檜即秦檜，字會之，宋朝江寧府人。中國歷史上十大奸臣之一，因以『莫須有』的罪名處死岳飛而遺臭萬年。宋徽宗政和五年登第，補密州教授，曾任太學學正。北宋末年任御史中丞，與宋徽宗、欽宗一起被金人俘獲。南歸後，任禮部尚書，兩任宰相，前後執政十九年。卨即万俟卨，南宋初奸臣。開封陽武（今原陽縣）人，字元忠。南宋初任湖北提點刑獄，依附秦檜，任監察御史、右正言。高宗紹興十一年秉承檜意彈劾岳飛，主治岳飛之獄，誣陷飛虚報軍情及逗留淮西等罪，致使岳飛父子和張憲等被害。後與檜争權，被罷黜。檜死被召回，紹興二十六年升任宰相，繼續執行投降政策，爲人民所恨。按公之改謚忠武，自隆慶四年。墓前之有秦檜、王氏、王氏：指秦檜之妻，爲謀害岳飛凶手之一。万俟卨三像，始于正德八年，指揮李隆以銅鑄之，旋爲游人撻碎。撻：用鞭子或棍子打。後增張俊一像，張俊：字伯英，鳳翔府成紀人。出身貧庶，自小弓馬嫻熟，十六歲時以三陽弓箭手投身行伍，征南蠻，攻西夏，禦金兵，纍立戰功，授武功大夫，逝世後追封爲循王。但後來與秦檜勾

結陷害岳飛。四人反接跪于丹墀。丹墀：宮殿前的紅色臺階及臺階上的空地。自萬曆二十六年，按察司副使范涞易之以
鐵，范涞：字原易，號晞陽，黄山市屯溪弈棋鎮林塘人。萬曆二十二年，范涞就任浙江按察司副使，提典刑獄。他到西湖瞻仰岳飛墓地，
見前都指揮李隆所鑄的賣國求榮、迫害忠良的秦檜、王氏和万俟卨三個銅像，被瞻仰岳墓的游人憤情擊碎。范涞深贊人民之舉，決定用堅硬
的生鐵重鑄這些跪像。范涞還認爲張俊首先附和秦檜，請求解除岳飛兵權，後來又與秦檜爲伍，製造僞證，陷害岳飛，他雖有早年功績，但
難以抵償後來誤國大罪。因此，他决定加鑄張俊的跪像。四個跪像鑄成後，杭州百姓對范涞之舉無不稱道。萬曆三十年，范涞升任浙江布政
使，重返杭州，又見王氏和張俊鐵像被擊碎。范涞自取薪俸，再次將鐵跪像補齊。游人椎擊益狠，四首齊落，而下體爲亂石所
擲，止露肩背。旁墓爲銀瓶小姐。銀瓶小姐：指岳飛幼女安娘。世傳岳飛爲秦檜所害，飛女年幼，抱銀瓶投井而死。後人覆井築
亭，題亭曰孝泉亭，名井曰銀瓶井，稱女曰銀瓶小姐、銀瓶娘子。王被害，其女抱銀瓶墜井中死。楊鐵崖樂府曰：『岳家
父，國之城；秦家奴，城之傾。皇天不靈，殺我父與兄。嗟我銀瓶，爲我父緹縈。生不贖父死，不如無生。
千尺井，一尺瓶，瓶中之水精衛鳴。』楊鐵崖：即楊維楨，元末明初著名文學家、書畫家。字廉夫，號鐵崖、鐵笛道人，又號
鐵心道人、鐵冠道人、鐵龍道人、梅花道人等，晚年自號老鐵、抱遺老人、東維子，會稽楓橋全堂人。與陸居仁、錢惟善合稱爲『元末三高
士』。泰定四年進士。歷天台縣尹、杭州四務提舉、建德路總管推官，元末農民起義爆發，楊維楨避寓富春江一帶，張士誠屢召不赴，後隱
居江湖，在松江築園圃蓬臺。有《東維子文集》《鐵崖先生古樂府》行世。緹縈：漢代孝女。漢文帝時，太倉令淳于意有罪當刑，繫長安獄。
其少女緹縈隨父至長安，上書請入身爲官婢，以贖父罪。帝憐之，爲除肉刑，意乃得免。見《史記·孝文本紀》、漢劉向《列女傳·齊太倉
女》。後代用爲稱頌孝女的典故。精衛：古代神話中鳥名。《山海經·北山經》：『發鳩之山，其上多柘木。有鳥焉，其狀如烏，文首、白
喙、赤足，名曰精衛，其鳴自詨。是炎帝之少女名曰女娃，女娃游于東海，溺而不返，故爲精衛，常銜西山之木石，以堙東海。』墓前有

分尸檜，天順八年，杭州同知馬偉鋸而植之，首尾分處，以示磔檜狀。天順：明英宗朱祁鎮二次登基後的年號。馬偉：瀛海人，景泰間由舉人任杭州府同知。磔：古代一種酷刑，把肢體分裂。隆慶五年，大雷擊折之。朱太史之俊曰：『一秦檜耳，鐵首木心，俱不能保至此。』朱太史之俊：朱之俊，字擢秀，號滄起，又號孱攝居士，山西省汾陽市大向善村人。明天啓元年中舉，天啓二年會試，殿試賜同進士出身，入翰林院供職。不久遷國子監司業。天啓丁卯，浙撫造祠媚璫，天啓：明熹宗朱由校的年號。璫：古代婦女戴在耳垂上的裝飾品。文中借指魏忠賢。窮工極巧，徙蘇堤第一橋于百步之外，數日立成，駭其神速。崇禎改元，魏璫敗，毀其祠，議以木石修王廟。卜之王，王弗許。

岳雲，王之養子，年十二從張憲戰，張憲：字宗本，抗金名將，岳飛部下，係岳飛女婿，娶岳孝娥爲妻。他使用的是虎頭鏨金槍，戰無不勝。得其力，大捷，號曰『贏官人』，軍中皆呼焉。手握兩鐵錘，重八十斤。王征伐，未嘗不與，每立奇功，王輒隱之。官至左武大夫、忠州防禦使。死年二十二，贈安遠軍承宣使。所用鐵錘猶存。

張憲爲王部將，屢立戰功。紹興十年，兀术屯兵臨潁，憲破其兵，追奔十五里，中原大振。秦檜主和，班師。檜與張俊謀殺岳飛，誘飛部曲能告飛事者，卒無人應。張俊鍛煉憲，被掠無完膚，强辯不伏，卒以冤死。景定二年，景定：宋理宗年號。追封烈文侯。正德十二年，布衣王大祐發地得碣石，乃崇封焉。郡守梁材建廟，修撰唐皋記之。梁材：字大用，號儉庵，南京金吾右衛人。弘治十二年進士，授德清知縣。正德初，遷刑部主事，改御史。出爲嘉興知府，調杭州，遷浙江右參政，進按察使。唐皋：字守之，號心庵，歙縣人。明武宗正德九年甲戌科狀元，授修撰，參與修撰《武宗實録》，升侍講學士。曾出使朝鮮。

牛皋墓在栖霞嶺上。皋字伯遠，汝州人，岳鄂王部將，素立戰功。秦檜懼其怨己，一日大會衆軍士，置毒害之。皋將死，嘆曰：『吾年近六十，官至侍從郎，一死何恨，但恨和議一成，國家日削。大丈夫不能以馬革裹尸報君父，是爲嘆耳！』馬革裹尸：用馬皮把尸體包裹起來。謂英勇作戰，死于戰場。《後漢書·馬援傳》：『男兒要當死于邊野，以馬革裹尸還葬耳，何能卧床上在兒女子手中邪？』

張景元《岳墳小記》：張景元：疑應作張京元，字思德，號無始，明代泰興人。岳少保墳祠，祠南向，舊在闤闠。闤闠：街市，街道。孫中貴爲買民居，開道臨湖，殊愜大觀。祠右衣冠葬焉。石門華表，形製不巨，雅有古色。

周詩《岳王墳》詩：周詩：字以言，江蘇昆山人。明代詩人。

將軍埋骨處，過客式英風。北伐生前烈，南枝死後忠。『南枝』句：據田汝成《西湖游覽志》記載，岳墓上之木皆一直朝南向，表示岳飛對國家之忠心不渝。

干戈戎馬异，涕泪古今同。目斷封丘上，蒼蒼夕照中。

高啓《岳王墳》詩：高啓：元末明初著名詩人，與楊基、張羽、徐賁被譽爲『吴中四杰』，當時論者把他們比作『唐初四杰』，又與王行等號『北郭十友』。字季迪，號槎軒，平江路（明改蘇州府）長洲縣人。洪武初，以薦參修《元史》，授翰林院國史編修官，受命教授諸王。擢户部右侍郎，不受。蘇州知府魏觀在張士誠宫址改修府治，獲罪被誅。高啓曾爲之作《郡治上梁文》，有『龍蟠虎踞』四字，被疑爲歌頌張士誠，連坐腰斬。有《高太史大全集》《鳧藻集》等。

大樹無枝向北風，千年遺恨泣英雄。班師詔已成三殿，射虜書猶説兩宫。『班師』句：『班師詔』指南宋朝廷頒發的讓岳飛班師撤兵的命令。『三殿』指朝廷。『射虜』句：『射虜書』指繫于箭上射向敵軍營中的書信，『兩宫』指被金兵所俘獲的宋徽宗、宋欽宗。

每憶上方誰請劍，空嗟高廟自藏弓。棲霞嶺上今回首，不見諸陵白霧中。上方：又作『尚方』，指尚方劍。高廟：指宋高宗。藏弓：出自《史記·淮陰侯列傳》：『狡兔死，走狗烹。高鳥盡，良弓藏。』棲霞嶺：在葛嶺西面、岳王廟的後面，一名履泰山或赤岸。相傳嶺上舊時多桃花，到了春日桃花盛開，猶如滿嶺彩霞，故稱棲霞嶺。諸陵：指南宋諸位帝王之陵墓。

唐順之《岳王墳》詩：唐順之，字應德，武進人。明代儒學大家、散文家，抗倭英雄。文武全纔，提倡唐宋散文，與王慎中、茅坤、歸有光等被稱爲『唐宋派』。

國耻猶未雪，身危亦自甘。九原人不返，萬壑氣長寒。九原：本爲山名，在今山西新絳縣北。相傳春秋時晉國卿大夫的墓地在此，後世因稱墓地爲九原。

豈恨藏弓早，終知借劍難。吾生非壯士，于此髮衝冠。

蔡汝南《岳王墓》詩：蔡汝南：明代文學家。字子目，號抱石，浙江德清人。明嘉靖年間進士，十七歲即好爲詩，有重名，中年專攻經學，知衡州時，常至石鼓書院爲諸生講經傳道。

誰將三字獄，墮此一長城。三字獄：秦檜誣陷岳飛，飛下獄，韓世忠不平，詣檜詰其實。檜曰：『飛子雲與張憲書，雖不明，其事體莫須有。』世忠曰：『「莫須有」三字，何以服天下！』見《宋史·岳飛傳》。莫須有，猶言恐怕有、也許有。世因稱岳飛冤獄爲『三字獄』。北望真堪泪，南枝空自榮。

國隨身共盡，君恃相爲生。落日松風起，猶聞劍戟鳴。

王世貞《岳墳》詩：

落日松杉覆古碑，英風颯颯動靈祠。空傳赤帝中興詔，自折黄龍大將旗。『空傳』句：赤帝，『赤帝子』的簡稱。《漢書·王莽傳上》：『赤帝漢氏高皇帝之靈，承天命，傳國金策之書，予甚祗畏。』在本句中指宋高宗。本句謂宋高宗想要中興復國的詔書終于成爲空話。黄龍：府名。契丹天顯元年置，治所在今吉林省農安縣。保寧七年廢，開泰九年復置。金天眷三年改爲濟州。《宋史·岳飛傳》：『飛大喜，語其下曰：「直抵黄龍府，與諸君痛飲爾！」』明無名氏《精忠記·伏闕》：『約諸軍痛飲在黄龍，鑾輿指日當迎奉。』清趙翼《岳忠武墓》詩：『生平誓踏賀蘭山，未飲黄龍一杯酒。』後借指敵方的都城、巢穴。

三殿有人朝北極，六陵無樹對南枝。莫將烏喙論勾踐，鳥盡弓藏也不悲。『莫將』二句：出自《史記·越王勾踐世家》：『范蠡遂去，自齊遺大夫種書曰：「蜚鳥盡，良弓藏；狡兔死，走狗烹。越王爲人長頸鳥喙，可與共患難，不可與共樂。子何不去？」』

徐渭《岳墳》詩：徐渭：山陰人。初字文清，後改字文長，號天池山人，或署田水月、田丹水、青藤老人、青藤道人、青藤居士、天池漁隱、金壘、金回山人、山陰布衣、白鵬山人、鵝鼻山儂等别號。明代文學家、書畫家、軍事家。

墓門慘澹碧湖中，丹䨼朱扉射水紅。四海龍蛇寒食後，六陵風雨大江東。丹䨼：可供塗飾的紅色顔料。龍蛇、寒食：均用介子推典故。介子推輔佐晉文公立了大功，文公按功績對臣子一一封賞，却唯獨漏賞了介子推，『推亦不言禄，禄亦不及』，有人爲介子推的遭遇抱不平，將一首詩挂在宫門口：龍欲上天，五蛇爲輔。龍已升雲，四蛇各入其宇，一蛇獨怨，終不見處所。晉文公見後，派人召介子推，得知介子推已携老母隱入綿山。爲逼他出山，晉文公命人放火燒山，介子推抱樹而死。後人爲紀念他，便在這天禁火冷食。

英雄幾夜乾坤博，忠孝傳家俎豆同。腸斷兩宫終朔雪，年年麥飯隔春風。博：通『搏』，意爲搏擊、争鬥。麥飯：

祭祀用的飯食。

張岱《岳王墳》詩：

西泠烟雨岳王宫，鬼氣陰森碧樹叢。函谷金人長墮泪，昭陵石馬自嘶風。『函谷』句：此句運用典故，指漢武帝時所作以手掌舉盤承露的仙人。昭陵：唐太宗墓，在陝西省咸陽市禮泉縣九嵕山。鑿山而成。著名的昭陵六駿石刻，原來即列置在昭陵北面祭壇的東西兩廡房内。

半天雷電金牌冷，一族風波夜壑紅。泥塑岳侯鐵鑄檜，祇令千載罵奸雄。風波：風波亭，岳飛遇害處。其故址在今浙江杭州小車橋畔。明無名氏《精忠記・表忠》：『著將軍父子三人，向風波亭一時勒死，從實供招，并無一字差异。』

董其昌《岳墳柱對》：董其昌：明代後期著名畫家、書法家、書畫理論家、書畫鑒賞家，『華亭派』的主要代表人物。明萬曆十六年進士，官至禮部尚書，卒謚文敏。精于書畫鑒賞，收藏很多名家作品，在書畫理論方面論著頗多，其『南北宗』的畫論對晚明以後的畫壇影響深遠。

南人歸南，北人歸北，小朝廷豈求活耶。

孝子死孝，忠臣死忠，大丈夫當如是矣。

張岱《岳墳柱銘》：

呼天悲鐵像，此冤未雪，常聞石馬哭昭陵。

拓地飲黄龍，厥志當酬，尚見泥兵濕蔣廟。『尚見』句：據同文書局石刻版《南史列傳》載：『是時，魏軍攻圍鍾離，蔣帝神報敕，必許扶助。既而無雨水長，遂挫敵人，亦神之力焉。凱旋之後，廟中人馬脚盡有泥濕，當時并目睹焉。』

紫雲洞

紫雲洞在烟霞嶺右。其地怪石蒼翠，劈空開裂，山頂層層，如厦屋天構。賈似道命工疏剔建庵，刻大士像于其上。大士：佛教對菩薩的通稱。雙石相倚爲門，清風時來，谽谺透出，谽谺：山谷空曠貌。唐盧照鄰《五悲·悲昔游》：『當谽谺之洞壑，臨決咽之奔泉。』久坐使人寒栗。又有一坎突出洞中，蓄水澄潔，莫測其底。洞下有懶雲窩，四山圍合，竹木掩映，結庵其中。名賢游覽至此，每有遺世之思。洞旁一壑幽深，昔人鑿石，聞金鼓聲而止，遂名『金鼓洞』。洞下有泉，曰『白沙』。好事者取以瀹茗，與虎跑齊名。瀹茗：煮茶。宋陸游《與兒孫同舟泛湖》詩：『酒保殷勤邀瀹茗，道翁傴僂出迎門。』

王思任詩：王思任：明末文學家、殉節官員。字季重，號謔庵，又號遂東、稽山外史，山陰（今浙江紹興）人。萬曆四十七年進士，曾知興平、當塗、青浦三縣，又任袁州推官、九江僉事。清兵破南京後，魯王監國，以思任爲禮部右侍郎，進尚書。順治三年，紹興爲清兵所破，絶食而死。爲文筆意放縱詼諧，時有諷刺時政之作。以《游唤》《歷游記》兩種游記成就最高，《小洋》《天姥》諸篇尤爲著名。詩重自然，纔情爛漫，惜放縱太甚。有《王季重十種》傳世。筍輿幽討遍，筍輿：即竹轎。大壑氣沉沉。山葉逢秋醉，溪聲入午暗。暗：緘默不語，詩句中用以指异常安静。是泉從竹護，無石不雲深。沁骨凉風至，僧寮絮碧陰。

卷二　西湖西路

玉泉寺

玉泉寺爲故净空院。南齊建元中，僧曇起説法于此，建元：南朝齊開國皇帝齊高帝蕭道成的年號。曇起：一作曇超，姓張氏，清河人。龍王來聽，爲之撫掌出泉，遂建龍王祠。晋天福三年，天福：後晋高祖石敬瑭的年號。始建净空院于泉左，宋理宗書『玉泉净空院』額。宋理宗：趙昀，趙匡胤之子趙德昭的九世孫。宋寧宗駕崩後，趙昀被權臣史彌遠擁立爲帝。祠前有池畝許，泉白如玉，水望澄明，淵無潛甲。淵無潛甲：形容池水之清澈無瑕。潛甲，指魚蝦龜鱉類。中有五色魚百餘尾，投以餅餌，則奮鬐鼓鬛，鬐：通『鰭』。鬛：魚頜旁小鰭。攫奪盤旋，大有情致。泉底有孔，出氣如橐籥，橐籥：亦作『橐橁』。古代冶煉時用以鼓風吹火的裝置，猶今之風箱。《老子》：『天地之間，其猶橐籥乎？虚而不屈，動而愈出。』吴澄注：『橐籥，冶鑄所以吹風熾火之器也。爲函以周罩于外者，橐也；爲轄以鼓扁于内者，籥也。』是即神龍泉穴。又有細雨泉，晴天水面如雨點，不解其故。泉出可溉田四千畝，近者曰鮑家田，吴越王相鮑慶臣采地也。鮑慶臣：鮑君福，唐末五代人，餘姚人，字慶臣。純厚有膽略。初隸浙東觀察使劉漢宏部爲牙將，後歸吴越王錢鏐。以戰功爲衢州應援指揮使。尋授衢州刺史。在衢十二年，後遷湖州，纍遷至保大、保順軍節度使，同平章事兼侍中。萬曆二十八年，司禮孫東瀛于池畔改建大士樓居。春時游人甚衆，各携果餌到寺觀魚，喂飼之多，魚皆饜飫，饜飫：形容食品極豐盛。較之放生池，則侏儒飽欲死矣。侏儒飽欲死：語出《漢書·東方朔傳》：『上知朔多端，召問朔：「何恐侏儒爲？」對曰：「臣朔生亦言，死亦言。侏儒長三尺餘，奉一囊粟，錢二百四十。臣朔長九尺餘，亦奉一囊粟，錢二百四十。侏儒飽欲死，臣朔饑欲死。臣言可用，幸异其禮；不可用，罷之，無令但索長安米。」上大笑，因使待詔金馬門，稍得親近。』

道隱《玉泉寺》詩：道隱：即金堡，字衛公，又字道隱。生于明萬曆四十二年，浙江仁和人。崇禎十三年進士。工書、畫。卒年六十七。著有《頌齋書畫録》。

在昔南齊時，説法有曇起。天花墮碧空，神龍聽法語。天花：用以形容曇起説法之榮盛場面，頓時天空中有花散落。

撫掌一贊嘆，出泉成白乳。澄潔更空明，寒凉却酷暑。
石破起冬雷，天驚逗秋雨。如何烈日中，水紋如碎羽。
言有橐籥聲，氣孔在泉底。內多海大魚，狰獰數百尾。
餅餌驟然投，要遮全振旅。振旅：謂整隊班師。見食即忘生，無怪盗賊聚。

集慶寺

九里松，唐刺史袁仁敬植。袁仁敬：字長源，開元十三年，玄宗擇任刺史十一人，任大理少卿袁仁敬爲杭州刺史。松以達天竺，凡九里，左右各三行，每行相去八九尺。蒼翠夾道，藤蘿冒塗，走其下者，人面皆緑。行里許，有集慶寺，乃宋理宗所愛閻妃功德院也，淳祐十一年建造。淳祐：宋理宗趙昀的第五個年號。閻妃，鄞縣人，以妖艷專寵後宮。寺額皆御書，巧麗冠于諸刹。經始時，望青采斫，勛舊不保，鞭笞追逮，擾及雞豚。時有人書法堂鼓云：『净慈靈隱三天竺，不及閻妃好面皮。』理宗深恨之，大索不得。此寺至今有理宗御容兩軸。六陵既掘，冬青不生，冬青：常緑喬木，葉子長橢圓形，邊緣有淺鋸齒，花小，白色，雌雄异株，核果橢圓形，紅色。木材堅韌，種子和樹皮可入藥。而帝之遺像竟托閻妃之面皮以存，何可輕誚也？元季毁，明洪武二十七年重建。

張京元《九里松小記》：

九里松者，僅見一株兩株，如飛龍劈空，雄古奇偉。想當年，萬緑參天，松風聲壯于錢塘潮，今已化爲烏有。更千百歲，桑田滄海，恐北高峰頭有螺蚌殼矣，安問樹有無哉！

陳玄暉《集慶寺》詩：陳玄暉：浙江海鹽人，萬曆年間進士，曾任翰林院編修。

玉鈎斜内一閻妃，姓氏猶傳真足奇。宫嬪若非能佞佛，御容焉得在招提。玉鈎斜：亦作『玉勾斜』。在江蘇江都縣境，相傳爲隋煬帝葬宫人處。後泛指葬宫人處。招提：梵語音譯爲『拓鬥提奢』，省作『拓提』，後誤爲『招提』。其義爲『四方』。四方之僧稱招提僧，四方僧之住處稱爲招提僧坊。北魏太武帝造伽藍，創招提之名，後遂爲寺院的别稱。

布地黄金出紫薇，官家不若一閹妃。江南賦稅憑誰用，日縱平章恣水嬉。
開荒築土建壇壝，功德巍峨在石碑。集慶猶存宮殿毀，面皮真個屬閹妃。
昔日曾傳九里松，後聞建寺一朝空。放生自出羅禽鳥，聽信閹黎説有功。

飛來峰

飛來峰棱層剔透，嵌空玲瓏，是米顛袖中一塊奇石。使有石癖者見之，必具袍笏下拜，不敢以稱謂簡褻，祇以石丈呼之也。石丈：宋葉夢得《石林燕語》卷十：『米芾詼諧好奇……知無爲軍，初入州廨，見立石頗奇，喜曰：此足以當我拜。遂命左右取袍笏拜之，每呼曰「石丈」。』後用爲奇石的代稱。清諸九鼎《石譜·墨竹石》：『既對此君，復近石丈。熱客莫來，與爾天壤。』深恨楊髡，楊髡：即楊璉真珈，乃吐蕃高僧八思巴帝師的弟子，見寵于忽必烈，至元二十二年，任江南總攝。史載楊璉真珈善于盜墓，曾盜掘南宋諸皇帝皇后陵寢、公侯卿相墳墓達一百餘座，把盜來的陪葬品用作修建寺廟的資金。在盜掘南宋六陵時，見宋理宗尸身保存完好，將尸體倒挂在樹上三天，結果流出水銀，又以理宗頭蓋骨奉給帝師爲飲器，是爲骷髏碗。遍體俱鑿佛像、羅漢世尊，櫛比皆是，如西子以花艷之膚、瑩白之體，刺作臺池鳥獸，乃以黔墨塗之也。奇格天成，妄遭錐鑿，思之骨痛。翻恨其不匿影西方，輕出靈鷲，靈鷲：山名。在古印度摩揭陀國王舍城之東北，梵名耆闍崛。山中多鷲，故名。或云山形像鷲頭而得名。如來曾在此講《法華》等經，故佛教以爲聖地。又簡稱靈山或鷲峰。此指浙江杭州西湖的飛來峰，傳説由印度飛來。受人戮辱。亦猶士君子生不逢時，不束身隱遁，以纔華杰出，反受摧殘，郭璞、禰衡，郭璞：字景純，河東聞喜縣人，西晋建平太守郭瑗之子。東晋著名學者，既是文學家和訓詁學家，又是道學術數大師和游仙詩的祖師。曾注釋《周易》《山海經》《穆天子傳》《方言》和《楚辭》等古籍。代表作是《游仙詩》十四首和《江賦》。禰衡：字正平，平原般縣人（《山東通志》載禰衡爲今樂陵人）。東漢末年名士，文學家。與孔融等人親善。後因出言不遜觸怒曹操，被遣送至荆州劉表處，後又因出言不遜，被送至江夏太守黄祖處，終爲黄祖所殺，終年二十六歲。并受此慘矣。慧理一嘆，謂其何事飛來，蓋痛之也，亦惜之也。且楊髡沿溪所刻羅漢，皆貌己像，騎獅騎象，侍女皆裸體獻花，不一而足。田公汝成錐碎其一；田公汝成：字叔禾，原爲錢塘人，因與詩人蔣灼交厚，移家居餘杭方山。明嘉靖五年進士。曾任南京刑部主事、禮部主事等職。所著《炎徼紀聞》《龍憑記略》，詳細記叙西南邊境各兄弟民族的生活習俗。并著有《遼記》《田叔禾集》《武夷游咏》。罷官後，浪迹西湖，窮覽湖山。余少年讀書岣嶁，岣嶁：《陶庵夢憶》卷二有《岣嶁山房》，在杭州靈隱韜光山下。亦碎其一。聞楊髡當日住德藏寺，專發古冢，喜與僵尸淫媾。知寺後有來提舉夫人與陸左丞化女，皆以色夭，用水銀灌殮。楊命發其冢。有僧真諦者，性騃戇，爲寺中樵汲，聞之大怒，嗚呼詬誶。樵汲：打柴汲水。嗚：古同「叫」。詬誶：辱駡。主僧懼禍，鎖禁之。及五鼓，楊髡起，趣衆發掘，真諦逾垣而出，抽韋馱木杵奮擊楊髡，韋馱：佛教天神，傳説爲南方增長天王的八神將之一，居四天王三十二神將之首。唐道宣載其事，謂佛涅槃時，捷疾鬼盗取佛牙一雙，韋馱急追取還，以授道宣。後佛教因以韋馱爲護法神，亦稱護法韋馱，并置其像佛寺中，著武將服，執金剛杵，立于天王殿彌勒佛之後，正對釋迦牟尼佛。裂其腦蓋。從人救護，無不被傷。但見真諦于衆中跳躍，每逾尋丈，若隼撇虎騰，飛捷非人力可到。一時燈炬皆滅，耰鋤畚插都被段壞。耰：古代弄碎土塊、平整土地的農具。楊髡大懼，謂是韋馱顯聖，不敢往發，率衆遽去，亦不敢問。此僧也，洵爲山靈吐氣。

袁宏道《飛來峰小記》：

湖上諸峰，當以飛來峰爲第一。峰石逾數十丈，而蒼翠玉立。渴虎奔猊，猊：也稱「狻猊」，即獅子。不足爲其怒也；神呼鬼立，不足爲其怪也；秋水暮烟，不足爲其色也；顛書吴畫，顛書：指草聖張旭的書法。吴畫：指吴道子之畫。不足爲其變幻詰曲也。石上多异木，不假土壤，根生石外。前後大小洞四五，窈窕通明，溜乳作花，溜乳：岩石溶洞中形成的溶岩水滴。若刻若鏤。壁間佛像皆楊髡所爲，如美人面上瘢痕，奇醜可厭。余前後登飛來者五：初次與黃道元、方子公同登，單衫短後，直窮蓮花峰頂，每遇一石，無不發狂大叫。次與王聞溪同登；王聞溪：即王禹聲，字聞溪，今江蘇人。次爲陶石簣、周海門；周海門：周汝登，字繼元，別號海門，嵊縣人。萬曆五年進士。擢南京工部主事，歷兵、吏二部郎官，官至南京尚寶司卿。在蕪湖時，因不忍橫徵，被貶官。榷稅不如額，謫兩淮鹽運製官。著有《海門先生集》十二卷、《東越證學録》十六卷及《聖學宗傳》等。師事羅汝芳，供羅汝芳像，繼承王陽明《朱子晚年定論》的思想，以王陽明的『本心』之學爲宗。次爲王静虚、王静虚：即王贊化，字静虚。陶石簣兄弟；次爲魯休寧。魯休寧：即魯點，字子與，明代南漳人。每游一次，輒思作一詩，卒不可得。

又《戲題飛來峰》詩：

試問飛來峰，未飛在何處。人世多少塵，何事飛不去。高古而鮮妍，揚班不能賦。揚班：即揚雄和班固。揚雄：西漢官吏、學者。字子雲，蜀郡成都人。少好學，爲人口吃，博覽群書，長于辭賦。年四十餘，始游京師，以文見召，上《甘泉》《河東》等賦。成帝時任給事黃門郎。王莽時任大夫，校書天禄閣。有《太玄》《法言》《方言》《訓纂篇》。班固：東漢官吏、史學家、文學家。史學家班彪之子，字孟堅，扶風安陵人。除蘭臺令史，遷爲郎，典校秘書，潛心二十餘年，修成《漢書》，當世重之，遷玄武司馬，撰《白虎通德論》，征匈奴爲中護軍，兵敗受牽連，死獄中，善辭賦，著有《兩都賦》等。

白玉簇其顛，青蓮借其色。惟有虚空心，一片描不得。平生梅道人，梅道人：即吴鎮，字仲圭，號梅花道人，嘗自署梅道人，浙江嘉興魏塘人。工詞翰，草書學辯光，山水師巨然，墨竹宗文同。擅長用墨，淋漓雄厚，爲元人之冠。兼工墨花，亦能寫真。丹青如不識。

張岱《飛來峰》詩：

石原無此理，變幻自成形。天巧疑經鑿，神功不受型。搜空或洚水，開闢必雷霆。應悔輕飛至，無端遭巨靈。洚水：洪水。《孟子・滕文公下》：『《書》曰：「洚水警余。」洚水者，洪水也。』巨靈：神話傳說中劈開華山的河神。

石意猶思動，蹸跜勢若撐。蹸跜：盤曲蠕動貌。鬼工穿曲折，兒戲斫瓏玲。

深入營三窟，鑾開倩五丁。飛來或飛去，防爾爲身輕。三窟：《戰國策・齊策四》：『馮諼曰：「狡兔有三窟，僅得免其死耳。今君有一窟，未得高枕而卧也。請爲君復鑿二窟。」』後以喻多種圖安避禍的方法。五丁：神話傳說中的五個力士。

冷泉亭

冷泉亭在靈隱寺山門之左。丹垣綠樹，翳映陰森。亭對峭壁，一泓冷然，冷然：形容清越激揚的聲音。淒清入耳。亭後西栗十餘株，西栗：據明《杭州府志》記載，靈隱寺有西栗樹，相傳由慧理從天竺帶回種子而植于此。大皆合抱，冷颸暗樾，颸：涼風。樾：樹蔭。遍體清涼。秋初栗熟，大若櫻桃，破苞食之，色如蜜珀，香若蓮房。天啓甲子，天啓甲子：即天啓四年；天啓，明熹宗（朱由校）的年號。余讀書岣嶁山房，寺僧取作清供。余謂雞頭實無其鬆脆，雞頭實：芡實，一年生水草，莖葉有刺，亦稱『雞頭』。鮮胡桃遜其甘芳也。夏月乘涼，移枕簟就亭中卧月，澗流淙淙，絲竹并作。張公亮聽此水聲，吟林丹山詩：林丹山：林稹，號丹山，宋代詩人，長洲（今江蘇蘇州）人。『流向西湖載歌舞，回頭不似在山時。』言此水聲帶金石，已先作歌舞聲矣，不入西湖安入乎！余嘗謂住西湖之人，無人不帶歌舞，無山不帶歌舞，無水不帶歌舞，脂粉紈綺，紈綺：精美的絲織品，此指穿著精美服飾的俏麗佳人。即村婦山僧，亦所不免。因憶眉公之言曰：『西湖有名山，無處士；有古刹，無高僧；有紅粉，無佳人；有花朝，無月夕。』曹峨雪亦有詩嘲之曰：『燒鵝羊肉石灰湯，先到湖心次岳王。斜日未曛客未醉，齊抛明月進錢塘。』曹峨雪：曹勳，字允大，號峨雪，與張岱交好。余在西湖，多在湖船作寓，夜夜見湖上之月，而今又避囂靈隱，夜坐冷泉亭，又夜夜對山間之月，何福消受。余故謂西湖幽賞，無過東坡，亦未免遇夜入城。而深山清寂，皓月空明，枕石漱流，枕石：枕于石上，多喻隱居山林。漱流：謂以流水漱口，形容隱居生活。卧醒花影，除林和靖、李岣嶁之外，李岣嶁：詳見後文《岣嶁山房》。亦不見有多人矣。即慧理、賓王，賓王：駱賓王，字觀光，婺州義烏人。唐初詩人，與王勃、楊炯、盧照鄰合稱『初唐四杰』。又與富嘉謨并稱『富駱』。龍朔初年，駱賓王擔任道王李元慶的屬官。後來相繼擔任武功主簿和明堂主簿。唐高宗儀鳳四年，升任中央政府的侍御史官職。曾經被人誣陷入獄，被赦免後出任臨海縣丞，所以後人也稱他駱臨海。武則天光宅元年，徐敬業起兵討伐武則天，他作爲秘書，起草了著名的《討武曌檄》。亦不許其同在卧次。

袁宏道《冷泉亭小記》：

靈隱寺在北高峰下，寺最奇勝，門景尤好。由飛來峰至冷泉亭一帶，澗水溜玉，畫壁流青，是山之極勝處。亭在山門外，嘗讀樂天記有云：『亭在山下水中，寺西南隅，高不倍尋，廣不纍丈，撮奇搜勝，物無遁形。春之日，草薰木欣，可以導和納粹；導和納粹：意指呼吸新鮮空氣。夏之日，風冷泉渟，可以蠲煩析酲。渟：水積聚而不流動。蠲煩：消除煩惱。析酲：解酒，醒酒。山樹爲蓋，岩石爲屏，岩石：清康熙刻本、清光緒九年刻本《西湖夢尋》《古今圖書集成·西湖雜記》均作「岩石」，六藝書局本作「岩谷」。雲從棟生，水與階平。坐而玩之，可濯足于床下；卧而狎之，可垂釣于枕上。潺湲潔澈，甘粹柔滑，眼目之囂，心舌之垢，不待盥滌，見輒除去。』觀此亭記，當在水中，今依澗而立。澗闊不丈餘，無可置亭者。然則冷泉之景，比舊蓋減十分之七矣。

靈隱寺

明季昭慶寺火，未幾而靈隱寺火，未幾而上天竺又火，三大寺相繼而毀。是時唯具德和尚爲靈隱住持，具德和尚：清初著名僧人。字具德，名弘禮，亦稱『具德禮』，俗姓張，會稽人。張氏爲越州巨族，具德係張岱之族弟。不數年而靈隱早成。蓋靈隱自晋咸和元年，咸和：東晋成帝司馬衍的年號。僧慧理建，山門匾曰『景勝覺場』，相傳葛洪所書。葛洪：東晋道教學者、醫藥學家。字稚川，自號抱朴子，丹陽郡句容人。三國方士葛玄之侄孫，世稱小仙翁。曾受封關内侯，後隱居羅浮山煉丹。著有《神仙傳》《抱朴子》《肘後備急方》《西京雜記》等。寺有石塔四，錢武肅王所建。宋景德四年，景德：宋真宗年號。改景德靈隱禪寺，元至正三年毀。明洪武初再建，改靈隱寺。宣德七年，宣德：明宣宗朱瞻基年號。僧曇贊建山門，良玠建大殿。殿中有拜石，長丈餘，有花卉鱗甲之文，工巧如畫。正統十一年，玹理建直指堂，堂額爲張即之所書，張即之：宋書法家，字温夫，號樗寮，歷陽人，爲參知政事張孝伯之子，愛國詞人張孝祥之侄，係中唐著名詩人張籍的八世孫。以父蔭銓中兩浙轉運使。舉進士。歷官監平江府糧科院、將作監簿、司農寺丞。特授太子太傅、直秘閣致仕。後知嘉興，以言罷。隆慶三年毀。萬曆十二年，僧如通重建；二十八年，司禮監孫隆重修。至崇禎十三年又毀，具和尚查如通舊籍，所費八萬，今計工料當倍之。具和尚慘澹經營，咄嗟立辦，其因緣之大，恐蓮池金粟所不能逮也。因緣：佛教指産生結果的直接原因和輔助促成其結果的條件。蓮池：明高僧。本姓沈，名袾宏，字佛慧，號蓮池，仁和人，世稱蓮池大師，又稱雲栖大師。具和尚爲余族弟，丁酉歲，余往候之，則大殿、方丈尚未起工，然東邊一帶，閟閣精藍凡九進，閟：幽静。精藍：精，精舍；藍，阿蘭若，佛教語，意爲禪修之處。客房僧舍百什餘間，棐几藤床，棐：古通『榧』，香榧，

（常綠喬木。）鋪陳器皿，皆不移而具。香積厨中，（香積厨：僧家的厨房。）初鑄三大銅鍋，鍋中煮米三擔，可食千人。具和尚指鍋示余曰：『此弟十餘年來所挣家計也。』飯僧之衆，亦諸刹所無。午間方陪余齋，見有沙彌持赫蹄送看，（赫蹄：亦作『赫蹏』，古代稱用以書寫的小幅絹帛。後亦以借指紙。）不知何事，第對沙彌曰：『命庫頭開倉。』沙彌去。及余飯後出寺門，見有千餘人蜂擁而來，肩上有布袋，貯米五斗，齊至倉前，庫頭掣數袋斛之，五百擔米，頃刻上廪，斗斛無聲，忽然竟去。余問和尚，和尚曰：『此丹陽施主某，歲致米五百擔，水脚挑錢，纖悉自備，不許飲常住勺水，（常住：僧、道稱寺舍、田地、什物等爲常住物，簡稱常住。）七年于此矣。』余爲嗟嘆。因問大殿何時可成，和尚對以：『明年六月，爲弟六十，法子萬人，人饋十金，可得十萬，則吾事濟矣。』逾三年而大殿、方丈俱落成焉。余作詩以記其盛。

張岱《壽具和尚并賀大殿落成》詩：

飛來石上白猿立，石自呼猿猿應石。具德和尚行脚來，山鬼啾啾寺前泣。
生公叱石同叱羊，沙飛石走山奔忙。（『生公』句：生公，晋末高僧竺道生的尊稱。相傳生公曾于蘇州虎丘寺立石爲徒，講《涅槃經》。至微妙處，石皆點頭。）驅使萬靈皆辟易，火龍爲之開洪荒。
正德初年有簿對，八萬今當增一倍。談笑之間事已成，和尚功德可思議。
黄金大地破慳貪，聚米成丘粟若山。萬人團簇如蜂蠆，和尚植杖意自閑。
余見催科祇數貫，縣官敲樸加鍛煉。白糧升合尚怒呼，如坻如京不盈半。（如坻如京：形容穀物糧食等堆積之高。）
憶昔訪師坐法堂，赫蹄數寸來丹陽。和尚聲色不易動，第令侍者開倉場。

去不移時階戺亂，白粲馱來五百擔。戺：臺階兩旁所砌的斜石。白粲：白米。上倉斗斛寂無聲，千百人夫頃刻散。米不追呼人不繫，送到座前猶屏氣。公侯福德將相纔，羅漢神通菩薩慧。如此工程非戲謔，向師頌之師不諾。但言佛自有因緣，老僧祇怕因果錯。余自聞言請受記，阿難本是如來弟。阿難：即阿難陀，佛經説他是釋迦十大弟子之一，斛飯王之子，釋迦之從弟。二十五歲出家，隨侍釋迦二十五年，長于記憶，稱多聞第一。與師同住五百年，挾取飛來復飛去。

張祜《靈隱寺》詩：張祜：字承吉，邢臺清河人。唐代著名詩人。出生在清河張氏望族，家世顯赫，被人稱作張公子，有『海内名士』之譽。代表作有《題金陵渡》和《宫詞二首》。

峰巒開一掌，朱檻幾環延。佛地花分界，僧房竹引泉。五更樓下月，十里郭中烟。後塔聳亭後，前山横閣前。溪沙涵水静，洞石點苔鮮。好是呼猿父，西岩深響連。

賈島《靈隱寺》詩：賈島：唐代詩人。字浪（閬）仙，河北道幽州范陽縣人。早年出家爲僧，號無本。自號『碣石山人』。

峰前峰後寺新秋，絶頂高窗見沃洲。人在定中聞蟋蟀，鶴于栖處挂獼猴。定：即入定，佛教徒的一種修行方法，閉眼静坐，控製思想，不起雜念。

山鐘夜度空江水，汀月寒生古石樓。心欲懸帆身未逸，謝公此地昔曾游。謝公：即謝靈運，浙江會稽人，原爲陳郡謝氏士族。東晋名將謝玄之孫，小名『客兒』，人稱謝客。又以襲封康樂公，稱謝康公、謝康樂。著名山水詩人，主要創作活動在南朝宋時，中國文學史上山水詩派的開創者。主要成就在于山水詩。由靈運始，山水詩乃成中國文學史上的一大流派。

周詩《靈隱寺》詩：

靈隱何年寺，青山向此開。澗流元不斷，峰石自飛來。元：清光緒九年刻本作『原』，清康熙刻本、六藝書局本做『元』。樹覆空王苑，花藏大士臺。空王：佛的尊稱。佛說世界一切皆空，故稱『空王』。探冥有玄度，莫遣夕陽催。探冥：探討玄奥的義理。玄度：東晉清談名士許詢的字。《世說新語·言語》：『劉尹云：「清風朗月，輒思玄度。」』劉孝標注引《晉中興士人書》：『許詢能清言，于時士人皆欽慕仰愛之。』《世說新語·文學》：『支道林、許掾諸人共在會稽王齋頭。支爲法師，許爲都講。支通一義，四坐莫不厭心。許送一難，衆人莫不抃舞。但共嗟咏二家之美，不辯其理之所在。』

北高峰

北高峰在靈隱寺後，石磴數百級，石磴：石級；石臺階。曲折三十六灣。上有華光廟，以祀五聖。山半有馬明王廟，春日祈蠶者咸往焉。馬明王：馬頭娘之別稱。宋無名氏《張協狀元》戲文第十六出：『末：「不虧了口。我那神道威！」丑：「怎比馬明王？」』錢南揚校注：『馬明王，蠶神，即馬頭娘……俗稱馬明王，明王乃神之通號。』祈蠶者：指向司蠶之神祈禱以求來年豐收。峰頂浮屠七級，唐天寶中建，會昌中毀；浮屠：佛教語，指佛塔。天寶：唐玄宗李隆基年號。會昌：唐武宗李炎年號。錢武肅王修復之，宋咸淳七年復毀。咸淳：宋度宗趙禥年號。此地群山屏繞，湖水鏡涵，鏡涵：像鏡子一樣映照萬物。唐李復言《續玄怪録・薛偉》：『見江潭深净，秋色可愛，輕漣不動，鏡涵遠虛。』由上視下，歌舫漁舟，若鷗鳧出没烟波，遠而益微，僅覿其影。覿：相見。西望羅刹江，羅刹江：錢塘江是浙江省第一大河，發源于安徽黄山，流經安徽、浙江二省，古名『浙江』，亦名『折江』或『之江』，最早見于《山海經》，是越文化的主要發源地之一。新安江與蘭江是錢塘江的源頭，于上海市南匯區和寧波市、舟山市嵊泗縣之間注入東海，其中杭州附近河段，稱爲『之江』或『羅刹江』。錢塘江潮被譽爲『天下第一潮』。若匹練新濯，遥接海色，茫茫無際。張公亮有句：『江氣白分海氣合，吴山青盡越山來。』詩中有畫。郡城正值江湖之間，委蛇曲折，左右映帶，屋宇鱗次，竹木雲蓊，鬱鬱葱葱，鳳舞龍盤，真有王氣蓬勃。山麓有無着禪師塔。師名文喜，唐肅宗時人也，瘞骨于此。唐肅宗：李亨，唐玄宗第三子，初名嗣升，後多次改名，天寶三載取名亨。馬嵬驛兵變後玄宗西逃，他繼位，在位五年，在宫廷政變中驚憂而死，終年五十。瘞：掩埋，埋葬。韓侂胄取爲葬地，韓侂胄：南宋權相，相州安陽人，韓琦五世孫。父娶宋高宗皇后之妹，他以恩蔭入仕。啓其塔，有陶龕焉。容色如生，髮垂至肩，指爪盤屈繞身，舍利數百粒，舍利：舍利子，意爲尸體或身骨，佛教稱釋迦牟尼遺體火焚後結成的珠狀物。後來也指高僧火化剩下的骨燼。三日不壞，竟荼毗之。荼毗：佛教用語，指僧人死後火化。

蘇軾《游靈隱高峰塔》詩：

言游高峰塔，蓐食始野裝。蓐食：早晨未起身，在床席上進餐。謂早餐時間很早。火雲秋未衰，及此初旦涼。霧霏岩谷暗，日出草木香。嘉我同來人，又便雲水鄉。相勸小舉足，前路高且長。古松攀龍蛇，怪石坐牛羊。漸聞鐘磬音，飛鳥皆下翔。磬：清康熙刻本、清光緒九年刻本、六藝書局本《西湖夢尋》皆作『馨』，于文意難解，《叢書集成初編・詩文總集・小石帆亭五言詩續鈔》作『磬』。入門空無有，雲海浩茫茫。惟見聾道人，老病時絶糧。問年笑不答，但指穴梨床。穴梨床：據《高士傳》載，管寧常坐一木榻上，五十餘年而未移其居，木榻上撑膝蓋處皆穿空。心知不復來，欲歸更彷徨。贈別留匹布，今歲天早霜。

韜光庵

韜光庵在靈隱寺右之半山，韜光禪師建。師蜀人，唐太宗時，辭其師出游，師囑之曰：『遇天可留，逢巢即止。』師游靈隱山巢溝塢，值白樂天守郡，悟曰：『吾師命之矣。』遂卓錫焉。卓錫：卓，植立；錫，錫杖，僧人外出所用。因謂僧人居留爲卓錫。樂天聞之，遂與爲友，題其堂曰『法安』。內有金蓮池、烹茗井，壁間有趙閲道、蘇子瞻題名。庵之右爲呂純陽殿，呂純陽：字洞賓，別號純陽子，又號回道人。乃八仙之首，道教仙人。全真道祖師，鍾呂內丹派代表人物，被尊稱爲呂祖、呂祖師、呂仙祖、純陽祖師。萬曆十二年建，參政郭子章爲之記。郭子章：字相奎，號青螺，又自號蠙衣生，泰和人。生于書香門第。其人文武兼備，集政治家、軍事家、史學家、文學家、醫學家等于一身，是罕見的全才。駱賓王亡命爲僧，匿迹寺中。宋之問自謫所還至江南，宋之問：字延清，一名少連，汾州人。一説虢州弘農人。初唐著名詩人。偶宿于此。夜月極明，之問在長廊索句，吟曰：『鷲嶺鬱岧嶢，龍宮鎖寂寥。』岧嶢：山高峻貌。龍宮：佛經言海龍王詣靈鷲山，聞佛説法，滿心歡喜，欲請佛至大海龍宮供養。佛許之。龍王即入大海化作大殿，佛與諸比丘菩薩共涉寶階入龍宮，受諸龍供養，爲説大法。因以『龍宮』指佛寺。佛寺爲講經説法之所。後句未屬，思索良苦。有老僧點長明燈，問曰：『少年夜不寐，而吟諷甚苦，何耶？』之問曰：『適欲題此寺，得上聯而下句不屬。』僧請吟上句，宋誦之。老僧曰：『何不云「樓觀滄海日，門對浙江潮」？』之問愕然，訝其遒麗，遂續終篇。遲明訪之，老僧不復見矣。有知者曰：『此駱賓王也。』

袁宏道《韜光庵小記》：

韜光在山之腰，出靈隱後一二三里，路徑甚可愛。古木婆娑，草香泉漬，淙淙之聲，四分五絡，達于山厨。山厨：山野人家的厨房。庵内望錢塘江，浪紋可數。余始入靈隱，疑宋之問詩不似，唐宋之問《靈隱寺》：『鷲嶺鬱岧嶢，龍宫鎖寂寥。樓觀滄海日，門對浙江潮。桂子月中落，天香雲外飄。捫蘿登塔遠，刳木取泉遥。霜薄花更發，冰輕葉未凋。夙齡尚遐异，搜對滌煩囂。待入天臺路，看余度石橋。』意古人取景，或亦如近代詞客，捃拾幫湊。捃拾：拾取，收集。及登韜光，始知『滄海』『浙江』『捫蘿』『刳木』數語，捫蘿：攀援葛藤。刳木：剖鑿木頭（用以做舟）。《易・繫辭下》：『刳木爲舟，剡木爲楫，舟楫之利，以濟不通，致遠以利天下。』孔穎達疏：『舟必用大木刳鑿其中，故云刳木也。』字字入畫，古人真不可及矣。宿韜光之次日，余與石蕢、子公同登北高峰絶頂而下。

張京元《韜光庵小記》：

韜光庵在靈鷲後，鳥道蛇盤，鳥道：險峻狹窄的山路。唐李白《蜀道難》詩：『西當太白有鳥道，可以横絶峨眉巔。』一步一喘。至庵，入坐一小室，峭壁如削，泉出石罅，匯爲池，蓄金魚數頭。低窗曲檻，相向啜茗，真有武陵世外之想。武陵世外之想：指有隱居世外的想法。『武陵』出自陶淵明《桃花源記》，正取其意。

蕭士瑋《韜光庵小記》：蕭士瑋：字伯玉，明代江西泰和人。萬曆間進士，官至光禄少卿。有《春浮園詩集》。

初二，雨中上韜光庵。霧樹相引，風烟披薄，披薄：猶彌漫。北魏酈道元《水經注・易水》：『二館之城，澗曲泉清，山高林茂，風烟披薄，觸目怡情，方外之士，尚憑依舊居，取暢林木。』木末飛流，江懸海挂。倦時踞石而坐，倚竹而息。大都山之姿態，得樹而妍；山之骨格，得石而蒼；山之營衛，得水而活；惟韜光道中能全有之。初至靈隱，求所謂『樓觀滄海日，門對浙江潮』，竟無所有。至韜光，了了在吾目中矣。白太傅碑可讀，雨中泉可聽，恨僧少可語耳。枕上沸波，竟夜不息，視聽幽獨，喧極反寂，益信聲無哀樂也。聲無哀樂：嵇康著有《聲無哀樂論》，論述了音樂有無哀樂、音樂能否移風易俗等問題，『或聞哭而歡，或聽歌而戚，然而哀樂之情均也』。

姚肇和《自韜光登北高峰》詩：

高峰千仞玉嶙峋，石磴攀躋翠藹分。一路松風長帶雨，半空嵐氣自成雲。上方樓閣參差見，下界笙歌遠近聞。誰似當年蘇内翰，登臨處處有遺文。蘇内翰：指蘇軾，時任翰林學士。

白居易《招韜光禪師》詩：

白屋炊香飯，葷膻不入家。白屋：指不施彩色、露出本材的房屋。一説，指以白茅覆蓋的房屋。爲古代平民所居。《尸子·君治》：『人之言君天下者瑶臺九纍，而堯白屋。』濾泉澄葛粉，洗手摘藤花。青菜除黄葉，紅薑帶紫芽。命師相伴食，齋罷一甌茶。

韜光禪師《答白太守》詩：

山僧野性愛林泉，每向岩阿倚石眠。不解栽松陪玉勒，惟能引水種青蓮。玉勒：指馬。白雲乍可來青嶂，明月難教下碧天。城市不能飛錫至，恐妨鶯囀翠樓前。飛錫：佛教語，指僧人游方。

楊蟠《韜光庵》詩：楊蟠：字公濟，號浩然居士，章安人，一作錢塘人。慶曆六年進士，爲密、和二州推官。元祐四年蘇軾知杭州時，蟠爲通判，以知壽州卒。爲官清廉，深得民心。平生爲詩數千篇，有《章安集》，已佚。

寂寂階前草，春深鹿自耕。老僧垂白髮，山下不知名。

王思任《韜光庵》詩：

雲老天窮結數楹，濤呼萬壑盡松聲。鳥來佛座施花去，泉入僧厨漉菜行。

一捺斷山流海氣，半株殘塔插湖明。靈峰占絶杭州妙，輸與韜光得隱名。

又《韜光澗道》詩：

靈隱入孤峰，庵庵叠翠重。僧泉交竹驛，仙屋破雲封。竹驛：指傳送山泉的竹筒。

綠暗天俱貴，幽寒月不濃。澗橋秋倚處，忽一響山鐘。

岣嶁山房

李茇號岣嶁，武林人，住靈隱韜光山下。造山房數楹，盡駕迴溪絶壑之上。溪聲淙淙出閣下，高崖插天，古木蓊蔚，大有幽致。山人居此，孑然一身。好詩，與天池徐渭友善。客至，則呼僮駕小舫，蕩槳于西泠斷橋之間，笑咏竟日。以山石自磦生壙，死即埋之。磦：古同『壘』，堆砌。生壙：生前預造的墳墓。所著有《岣嶁山人詩集》四卷。天啓甲子，余與趙介臣、陳章侯、顔叙伯、卓珂月、余弟平子，趙介臣：即趙繼抃，字介臣。陳章侯：明末清初書畫家、詩人。幼名蓮子，一名胥岸，號老蓮，别號小净名，晚號老遲、悔遲，又號悔僧、雲門僧。浙江諸暨市楓橋鎮陳家村人。明季國子監生，明亡後爲清軍俘獲，雖脅以死，亦不肯爲之作畫，曾入紹興雲門寺爲僧。工人物，名作《九歌》《西厢記》插圖、《水滸葉子》《博古葉子》等版刻傳世。又工詩善書，有《寶綸堂集》。顔叙伯：生平無可考。卓珂月：明戲曲家。字珂月，名人月，號蕊淵，别署江南月中人。浙江仁和人。崇禎八年貢生。富纔情，詩文詞曲兼擅。早年撰千字《大人頌》，被譽爲穩帖奇肆。和孟稱舜、袁于令、徐士俊交善。著有雜劇三種，今存《花舫緣》雜劇一本。另有《蟾台集》《蕊淵集》。又與徐士俊合編《古今詞統》，末附二人唱和之詞《徐卓晤歌》。《詞統》一書，雜記詞林瑣聞，王士禎評爲『搜采鑒别，大有廓清之力』。此部著作較早明確提出戲曲應當反映社會人生的現實主義理論。讀書其中。主僧自超，園蔬山蔌，蔌：菜肴。淡薄凄清，但恨名利之心未净，未免唐突山靈，至今猶有愧色。

張岱《岣嶁山房小記》：《岣嶁山房小記》：即作者另一小品文集《陶庵夢憶》中的《岣嶁山房》。

岣嶁山房，逼山、逼溪、逼韜光路，故無徑不梁，無屋不閣。門外蒼松傲睨，蓊以雜木，冷緑萬頃，人面俱失。石橋低磴，可坐十人。寺僧刳竹引泉，橋下交交牙牙，交交牙牙：錯雜貌。皆爲竹節。天啓甲子，余鍵户其中者七閲月，耳飽溪聲，目飽清樾。山上下多西栗、鞭笋，甘芳無比。鄰人以山房爲市，蓏果、蓏：草本植物的果實。羽族日致之，而獨無魚。乃瀦溪爲壑，瀦：水積聚。繫巨魚數十頭。有客至，輒取魚給鮮。日晡，晡：申時，即午後三時至五時。必步冷泉亭、包園、飛來峰。一日，緣溪走看佛像，口口罵楊髡。見一波斯胡坐龍象，蠻女四五獻花果，皆裸形，勒石志之，乃真伽像也。余椎落其首，并碎諸蠻女，置溺溲處以報之。寺僧以余爲椎佛也，咄咄怪事，及知爲楊髡，皆歡喜贊嘆。

徐渭《訪李岣嶁山人》詩：

岣嶁詩客學全真，半日深山説鬼神。送到澗聲無響處，歸來明月滿前津。

七年火宅三車客，十里荷花兩槳人。火宅：佛教語。多用以比喻充滿衆苦的塵世。三車：佛教語。喻三乘。謂以羊車喻聲聞乘（小乘），以鹿車喻緣覺乘（中乘），以牛車喻菩薩乘（大乘）。兩岸鷗鳧仍似昨，就中應有舊相親。

王思任《岣嶁僧舍》詩：

亂苔膏古蔭，慘緑蔽新芊。鳥語皆番异，泉心即佛禪。

買山應較尺，賒月敢辭錢。多少清凉界，幽僧抱竹眠。

青蓮山房

青蓮山房，爲涵所包公之別墅也。涵所包公：即包應登，字涵所，錢塘人。明朝萬曆年間進士。山房多修竹古梅，倚蓮花峰，跨曲澗，深岩峭壁，掩映林麓間。公有泉石之癖，日涉成趣。臺榭之美，冠絶一時。外以石屑砌墻，柴根編户，富貴之中，又着草野。正如小李將軍作丹青界畫，小李將軍：即李昭道，字希俊，唐代畫家。李唐宗室，彭國公李思訓之子，長平王李叔良曾孫，甘肅天水人。擅長青緑山水，世稱小李將軍。畫作有《海岸圖》《摘瓜圖》等六件，著録于《宣和畫譜》。傳世作品有《春山行旅圖》，録于《故宫名畫三百種》；《明皇幸蜀圖》卷，現藏臺北故宫博物院。樓臺細畫，雖竹籬茅舍，無非金碧輝煌也。曲房密室，皆儲偫美人，儲偫：亦作『儲峙』『儲跱』。儲備，特指存儲物資以備需用。行其中者，至今猶有香艷。當時皆珠翠團簇，錦繡堆成。一室之中，宛轉曲折，環繞盤旋，不能即出。主人于此精思巧構，大類迷樓。迷樓：隋煬帝所建樓，故址在今江蘇省揚州市西北郊。宋賀鑄《思越人》詞：『紅塵十里揚州過，更上迷樓一借山。』而後人欲如包公之聲伎滿前，聲伎：亦作『聲妓』。舊時宫廷及貴族家中的歌姬舞女。則亦兩浙薦紳先生所絶無者也。薦紳：縉紳。古代高級官吏的裝束。亦指有官職或做過官的人。薦，通『搢』。今雖數易其主，而過其門者必曰『包氏北莊』。

陳繼儒《青蓮山房》詩：

造園華麗極，反欲學村莊。編户留柴葉，磊墻帶石霜。梅根常塞路，溪水直穿房。覓主無從入，裴回走曲廊。

主人無俗態，築圃見文心。竹暗常疑雨，松梵自帶琴。牢騷寄聲伎，經濟儲山林。經濟：指具有經國濟世之才的人。久已無常主，包莊說到今。

呼猿洞

呼猿洞在武林山。晋慧理禪師常畜黑白二猿，每于靈隱寺月明長嘯，二猿隔岫應之，岫：山。其聲清皦。皦：分明，清晰。後六朝宋時，有僧智一，仿舊迹而畜數猿于山，臨澗長嘯，則群猿畢集，謂之猿父。好事者施食以齋之，因建飯猿堂。今黑白二猿尚在。有高僧住持，則或見黑猿，或見白猿。具德和尚到山間，則黑白皆見。余于方丈作一對送之：『生公説法，雨墮天花，莫論飛去飛來，頑皮石也會點頭；慧理參禪，月明長嘯，不問是黑是白，野心猿都能答應。』具和尚在靈隱，聲名大著。後以徑山佛地，徑山：位于杭州城西北五十公里處。徑山在佛教界享有盛名。創建于唐代的『徑山寺』，與杭州的靈隱寺、净慈寺，寧波的天童寺、育王寺，并稱爲『禪院五山』。謂歷代祖師多出于此，徙往徑山。事多格迕，格迕：抵觸，不合。爲時無幾，遂致涅槃。方知盛名難居，雖在緇流，亦不可多取。

陳洪綬《呼猿洞》詩：

慧理是同鄉，白猿供使令。以此後來人，十呼十不應。
明月在空山，長嘯是何意。呼山山自來，麾猿猿不去。
痛恨遇真伽，斧斤殘怪石。山亦悔飛來，與猿相對泣。
洞黑復幽深，恨無巨靈力。余欲錘碎之，白猿當自出。

張岱《呼猿洞》對：

洞裏白猿呼不出，崖前殘石悔飛來。

三生石

三生石在下天竺寺後。東坡《圓澤傳》曰：『洛師惠林寺，故光禄卿李憕居第。洛師：漢洛京，即洛陽。師，京師。《書·洛誥》：「予惟乙卯，朝至于洛師。」李憕：唐并州文水人。生年不詳，卒于唐玄宗天寶十四載。其父李希倩，中宗神龍初年任右台監察御史。禄山陷東都，憕以居守死之。子源，少時以貴游子豪侈善歌聞于時。及憕死，悲憤自誓，不仕，不娶，不食肉，居寺中五十餘年。寺有僧圓澤，富而知音，源與之游甚密，促膝交語竟日，人莫能測。一日相約游蜀青城峨嵋山，源欲自荆州溯峽，澤欲取長安斜谷路。源不可，曰：「吾以絶世事，豈可復到京師哉！」澤默然久之，曰：「行止固不由人。」遂自荆州路。舟次南浦，南浦：在今江西省南昌市西南，贛江至此分流。唐王勃《滕王閣詩》：「畫棟朝飛南浦雲，珠簾暮卷西山雨。」見婦人錦襠負罌而汲者，澤望而嘆曰：「吾不欲繇此者，爲是也。」繇：古同「由」，從，自。源驚問之。澤曰：「婦人姓王氏，吾當爲之子。孕三歲矣，吾不來，故不得乳。乳：産子，分娩。今既見，無可逃之。公當以符咒助吾速生。三日浴兒時，願公臨我，以笑爲信。後十三年中秋月夜，杭州天竺寺外，當與公相見。」源悲悔，而爲具沐浴易服。至暮，澤亡而婦乳。三日，往觀之，兒見源果笑。具以語王氏，出家財葬澤山下。源遂不果行。返寺中，問其徒，則既有治命矣。治命：指人死前神智清醒時的遺囑。與「亂命」相對。後亦泛指生前遺言。後十三年，自洛還吴，赴其約。至所約，聞葛洪川畔有牧童扣角而歌之曰：「三生石上舊精魂，賞月吟風不要論。慚愧情人遠相訪，此身雖异性長存。」呼問：「澤公健否？」答曰：「李公真信士，然俗緣未盡，慎弗相近，惟勤修不墮，乃復相見。」又歌曰：「身前身後事茫茫，欲話因緣恐斷腸。吳越山川尋已遍，却回烟棹上瞿唐。」瞿唐：亦作『瞿唐峽』『瞿塘峽』，爲長江三峽之首，也稱夔峽。西起四川省奉節縣白帝城，東至巫山大溪。唐杜甫《秋興八首》之六：『瞿唐峽口曲江頭，萬里風烟接素秋。』遂去，不知所之。後二年，李德裕奏源忠臣子，李德裕：字文饒，趙州人。與其父李吉甫均爲晚唐名相。篤孝，拜諫議大夫。不就，竟死寺中，年八十一。』

王元章《送僧歸中竺》詩：王元章：即王冕，字元章，號煮石山農、梅花屋主等，著有《竹齋集》《墨梅圖題詩》等。

天香閣上風如水，千歲岩前雲似苔。天香閣：據《西湖游覽志》記載，天香閣在中天竺禪寺旁。千歲岩：據明《杭州府志》記載，千歲岩在中天竺稽留峰側。明月不期穿樹出，老夫曾此聽猿來。

相逢五載無書寄，却憶三生有夢回。鄉曲故人憑問訊，孤山梅樹幾番開。

蘇軾《贈下天竺惠净師》詩：

予去杭十六年而復來，留二年而去。平生自覺出處老少，粗似樂天，雖纔名相遠，而安分寡求亦庶幾焉。三月六日，來別南北山諸道人，而下天竺惠净師以醜石贈，作三絶句：

當年衫鬢兩青青，强説重來慰別情。衰鬢祇今無可白，故應相對説來生。

出處依稀似樂天，敢將衰朽較前賢。便從洛社休官去，猶有閑居二十年。『便從』二句：相傳白居易休官閑居于東都二十年，作者欲效仿之。

在郡依前六百日，山中不記幾回來。『在郡』二句：白居易《留題天竺靈隱兩寺》：『在郡六百日，入山十二回。』還將天竺一峰去，欲把雲根到處栽。

上天竺

上天竺，晋天福間，僧道翊結茅庵于此。一夕，見毫光發于前澗，晚視之，得一奇木，刻畫觀音大士像。後漢乾祐間，乾祐：後漢高祖劉知遠年號。有僧從勛自洛陽持古佛舍利來，置頂上，妙相莊嚴，端正殊好，晝放白光，士民崇信。錢武肅王常夢白衣人求葺其居，寤而有感，遂建天竺觀音看經院。宋咸平中，咸平：宋真宗年號。浙西久旱，郡守張去華率僚屬具幡幢華蓋迎請下山，而澍雨沾足。張去華：字信臣，開封襄邑（今河南睢縣）人。官至工部侍郎。幡幢：即幢幡。唐黄滔《辭府相》詩：『今朝拜别幡幢下，雙泪如珠滴不休。』華蓋：即華麗的車蓋。澍雨：大雨，暴雨。《尚書大傳》卷四：『久矣，天之無烈風澍雨。』鄭玄注：『暴雨也。』自是有禱輒應，而雨每滂薄不休，世傳爛稻龍王焉。南渡時，施拾珍寶，有日月珠、鬼谷珠、貓睛等，雖大内亦所罕見。嘉祐中，沈文通治郡，嘉祐：宋仁宗年號。沈文通：即沈遘，字文通，杭州錢塘人。沈括之從侄（諸史皆以括爲遘從弟。此依《書録解題》）。與弟沈遼、叔沈括俱有文名，稱爲『三沈』。謂觀音以聲聞宣佛力，非禪那所居，乃以教易禪，令僧元净號辨才者主之。禪那：梵語 dhyana 的音譯。簡稱『禪』。也有譯爲『弃惡』或『功德叢林』者。意譯爲『思維修』或『静慮』。佛教的一種修持方法，其中有祖師禪與佛祖禪的區别。元净：北宋浙江杭州天竺山僧。字無象，俗姓徐，於潜人。曾擔任上、下二天竺寺的住持，門徒逾萬人。因精通佛典經論，道行高潔，御賜紫袈裟及『辨才大師』稱號。與趙抃、蘇軾、秦觀等名士文豪交往唱和，頗負詩名。後退居西湖龍井聖壽院，高壽無疾而終。鑿山築室，幾至萬礎。治平中，郡守蔡襄奏賜『靈感觀音』殿額。治平：北宋英宗趙曙的年號。蔡襄：字君謨，仙游人。主持建造我國現存年代最早的跨海梁式大石橋——泉州洛陽橋。爲人忠厚正直，講究信義，學識淵博，爲『蘇、黄、米、蔡』四大書家中之蔡，以其渾厚端莊、淳淡婉美而自成一體。辨才乃益鑿前山，闢地二十有五尋，殿加重檐。建咸四年，建咸：應爲建炎，宋高宗年號。建炎四年一月十九日，金兀术兵陷臨安。兀术入臨安，高宗航海。兀术至天竺，見觀音像，喜之，乃載後車，與《大藏經》并徙而北。《大藏經》：佛教經典的總集，簡稱藏經，又稱一切經，有乾隆藏、嘉興藏等。現存的《大藏經》按文字的不同可分爲漢文、藏文、巴利語三大體系。時有比丘知完者，比丘：佛教梵語的譯音。意譯『乞士』，以上從諸佛乞法，下就俗人乞食得名，爲佛教出家『五衆』之一，指已受具足戒的男性，俗稱和尚。率其徒以從。至燕，舍于都城之西南五里，曰玉河鄉，建寺奉之。天竺僧乃重以他木刻肖前像，詭曰：『藏之井中，今方出現。』其實并非前像也。乾道三年，乾道：南宋孝宗趙昚的第二個年號。建十六觀堂，七年，改院爲寺，門匾皆御書。慶元三年，慶元：南宋寧宗年號。改天台教寺。元至元三年毁。五年，僧慶思重建，仍改天竺教寺。元末毁。明洪武初重建，萬曆二十七年重修。崇禎末年又毁，清初又建。時普陀路絶，天下進香者皆近就天竺，香火之盛，當甲東南。二月十九日，二月十九日：相傳觀世音菩薩生于此日。男女宿山之多，殿内外無下足處，與南海潮音寺正等。

張京元《上天竺小記》：

天竺兩山相夾，迴合若迷。山石俱骨立，石間更繞松篁。松篁：松與竹。過下竺，諸僧鳴鐘肅客，寺荒落不堪入。中竺如之。至上竺，山巒環抱，風氣甚固，望之亦幽致。

蕭士瑋《上天竺小記》：

上天竺，叠嶂四周，中忽平曠，巡覽迎眺，驚無歸路。余知身之入而不知其所由入也。從天竺抵龍井，曲澗茂林，處處有之。一片雲、神運石，風氣遒逸，神明刻露。選石得此，亦娶妻得姜矣。娶妻得姜：《詩·

陳風・衡門》：『豈其取妻，必齊之姜。』這裏指娶到美妻。泉色紺碧，紺碧：天青色，深青透紅色。味淡遠，與他泉迥异。

蘇軾《記天竺詩引》：

軾年十二，先君自虔州歸，虔州：即今江西贛州。謂予言：『近城山中天竺寺，有樂天親書詩云：「一山門作兩山門，兩寺原從一寺分。東澗水流西澗水，南山雲起北山雲。前臺花發後臺見，上界鐘鳴下界聞。遥想吾師行道處，天香桂子落紛紛。」筆勢奇逸，墨迹如新。』今四十七年，予來訪之，則詩已亡，有刻石在耳。感涕不已，而作是詩。

又《贈上天竺辨才禪師》詩：

南北一山門，上下兩天竺。中有老法師，瘦長如鸛鵠。鸛鵠：鸛與鵠。其形瘦長，飛翔極高。唐裴寬綽號『碧鸛雀』。《新唐書・裴寬傳》：『詵（韋詵）引爲按察判官，許妻以女。歸語妻曰：「常求佳婿，今得矣。」明日，幃其族使觀之。寬時衣碧，瘠而長，既入，族人皆笑，呼爲「碧鸛雀」。詵曰：「愛其女，必以爲賢公侯妻也，何可以貌求人？」卒妻寬。』

不知修何行，碧眼照山谷。見之自清涼，洗盡煩惱毒。

坐令一都會，方丈禮白足。我有長頭兒，角頰峙犀玉。白足：指白足和尚。南朝梁慧皎《高僧傳・神异下・曇始》：『始足白于面，雖跣足泥水，未嘗沾濕，天下咸稱白足和尚。』後用以指高僧。長頭兒：猶言高個子。《後漢書・賈逵傳》：『自爲兒童，常在太學，不通人間事。身長八尺二寸，諸儒爲之語曰：「問事不休賈長頭。」』

四歲不知行，抱負煩背腹。師來爲摩頂，起走趁奔鹿。『四歲』四句：蘇轍《龍井辨才法師塔碑》：『予兄子瞻中子迨，生三年不能行，請師爲落髮，摩頂祝之，不數日能行如他兒。』奔鹿：《晉書・張彤傳》：『身長八尺，走及奔鹿。』

乃知戒律中，妙用謝羈束。何必言法華，佯狂啖魚肉。『何必』二句：《太平廣記》卷第八十三《异人异僧釋證卷·异人三》引《酉陽雜俎》記載，貞元年間，蘇州有一位義師，模樣就像個瘋子。有一家百姓蓋起店房十餘間，義師忽然掄起斧子砍壞店房的屋檐，有人上去阻攔也擋不住。主人一向知道他有神力，向他施禮道：『弟子的生活全靠這幾間店房呢。』義師看了看他，説：『你感到惋惜嗎？』便把斧子扔到地上走了。那天夜裏市内起了火，衹有被義師砍壞房檐的那幾間屋子没被火燒壞而保存了下來。義師經常住在殘破寺廟的神殿裏，無論冬天與夏天殿堂裏總點著火，供神用的紙幡和木像他都拿來當柴燒。他喜歡火燒活鯉魚，一點湯也不添就吃。臉髒了也不洗，一洗臉就下雨。他洗不洗臉就成爲下雨與否的天氣預報。臨死前，他喝了幾杯灰漿，便坐下來念佛，再也不進飲食，坐了七天就死了。當時正值炎熱的暑季，但他死後，顔色毫無變化，肢體也不塌垮。

張岱《天竺柱對》：

佛亦愛臨安，法像自北朝留住；山皆學靈鷲，洛伽從南海飛來。洛伽：洛伽山，位于浙江省舟山市普陀山東南約五公里處的一個小島，相傳觀音大士在此修行，歷來與普陀山并稱兩大佛教聖地。

卷三　西湖中路

秦樓

秦樓初名水明樓，東坡建，常携朝雲至此游覽。朝雲：即王朝雲，字子霞，北宋錢塘人，蘇軾之妾。《東坡自述》中的《朝雲詩引》和《悼朝雲詩引》均提到她。王朝雲原本不識字，後來學會寫字，還跟從泗上比丘尼義衝學佛。紹聖三年，病死在惠州，葬在栖禪寺松林中東南之大聖塔。今惠州西湖東坡紀念館下有王朝雲墓，墓碑爲清書法家伊秉綬所寫。墓前有六如亭，爲當初栖禪寺僧人出資捐建，名字取王朝雲臨終前所誦《金剛般若波羅蜜經》中『一切有爲法，如夢幻泡影，如露亦如電』之偈。壁上有三詩，爲坡公手迹。過樓數百武，武：古以六尺爲步，半步爲武。爲鏡湖樓，白樂天建。宋時宦杭者，行春則集柳洲亭；柳洲亭：詳見卷四《西湖南路·柳洲亭》。競渡則集玉蓮亭；玉蓮亭：詳見卷一《西湖北路·玉蓮亭》。登高則集天然圖畫閣；看雪則集孤山寺；尋常宴客則集鏡湖樓。兵燹之後，其樓已廢，變爲民居。

蘇軾《水明樓》詩：

黑雲翻墨未遮山，白雨跳珠亂入船。捲地風來忽吹散，望湖樓下水連天。

放生魚鳥逐人來，無主荷花到處開。水浪能令山俯仰，風帆似與月裴回。

未成大隱成中隱，可得長閑勝暫閑。『未成』句：白居易《中隱》詩云：『大隱住朝市，小隱入丘樊。丘樊太冷落，朝市太囂喧。不如作中隱，隱在留司官。似出復似處，非忙亦非閑。唯此中隱士，致身吉且安。』我本無家更焉往，故鄉無此好湖山。

片石居

繇昭慶緣湖而西，爲飡秀閣，今名片石居。閎閣精廬，皆韵人別墅。其臨湖一帶，則酒樓茶館，軒爽面湖，非惟心胸開滌，亦覺日月清朗。張謂『晝行不厭湖上山，夜坐不厭湖上月』，『非惟』二句：化用《世説新語・言語》句：『非惟使人情開滌，亦覺日月清朗。』張謂：字正言，河内人。天寶二年登進士第，乾元中爲尚書郎，大曆年間爲潭州刺史，後官至禮部侍郎，三典貢舉。其詩辭精意深，講究格律，多飲宴送別之作。代表作有《早梅》《邵陵作》《送裴侍御歸上都》等。有詩一卷。則盡之矣。再去則桃花港，其上爲石函橋，唐刺史李鄴侯所建，有水閘泄湖水以入古蕩。沿東西馬塍、馬塍：在浙江省餘杭縣西，宋代以産花著名。羊角埂，至歸錦橋，凡四派焉。白樂天記云：『北有石函南有筧，決湖水一寸，可溉田五十餘頃。』閘下皆石骨磷磷，出水甚急。

徐渭《八月十六片石居夜泛》詞：

月倍此宵多，楊柳芙蓉夜色蹉。鷗鷺不眠如畫裏，舟過，向前驚換幾汀莎。　筒酒覓稀荷，唱盡塘栖《白苧歌》。塘栖：位于杭州市北部，與湖州市的德清縣接壤，著名的京杭大運河穿鎮而過，使其成爲蘇、滬、嘉、湖的水路要津，歷朝歷代以來，塘栖均爲杭州市的水上門户。《白苧歌》：樂府吳舞曲名。始于晉代的《白紵舞》。南朝梁沈約有《四時白紵歌》。天爲紅妝重展鏡，如磨，漸照胭脂奈褪何。

十錦塘

十錦塘一名孫堤，在斷橋下。司禮太監孫隆于萬曆十七年修築。堤闊二丈，遍植桃柳，一如蘇堤。歲月既多，樹皆合抱。行其下者，枝葉扶蘇，漏下月光，碎如殘雪。意向言斷橋殘雪，或言月影也。蘇堤離城遠，爲清波孔道，清波：清波門是南宋杭城十三座城門之一，俗稱暗門。行旅甚稀。孫堤直達西泠，車馬游人，往來如織。兼以西湖光艷，十里荷香，如入山陰道上，使人應接不暇。湖船小者，可入裏湖，大者緣堤倚徙，躧錦帶橋循至望湖亭，亭在十錦塘之盡。漸近孤山，湖面寬廠。孫東瀛修葺華麗，增築露臺，可風可月，兼可肆筵設席。笙歌劇戲，無日無之。今改作龍王堂，旁綴數楹，咽塞離披，舊景盡失。再去則孫太監生祠，背山面湖，頗極壯麗。近爲盧太監捨以供佛，改名盧捨庵，而以孫東瀛像置之佛龕之後。孫太監以數十萬金錢裝塑西湖，其功不在蘇學士之下，乃使其遺像不得一見湖光山色，幽囚面壁，見之大爲鯁悶。鯁：魚骨卡在嗓子裏。

袁宏道《斷橋望湖亭小記》：

湖上由斷橋至蘇公堤一帶，綠烟紅霧，彌漫二十餘里。歌吹爲風，粉汗爲雨，羅紈之盛，多于堤畔之柳，冶艷極矣。然杭人游湖，止午、未、申三時，午、未、申三時：古人以十二地支計時，此時段大約相當于中午十一點到下午五點。其實湖光染翠之工，山嵐設色之妙，全在朝日始出、夕舂未下，夕舂：又叫夕陽舂，舊習日落時舂米。始極其濃媚。月景尤不可言，花態柳情，山容水意，别是一種趣味。此樂留與山僧游客受用，安可爲俗士道哉！望湖亭即斷橋一帶，堤甚工緻，比蘇堤猶美。夾道種緋桃、垂柳、芙蓉、山茶之屬二十餘種。堤邊白石砌如玉，布地皆軟沙如茵。杭人曰：『此内使孫公所修飾也。』此公大是西湖功德主。自昭慶、天竺、净慈、龍井及山中庵院之屬，所施不下數十萬。余謂白、蘇二公，西湖開山古佛，此公异日伽藍也。『腐儒，幾敗乃公事！』『腐儒』二句：《史記·留侯世家》：『豎儒，幾敗而公事！』可厭！可厭！

張京元《斷橋小記》：

西湖之勝，在近；湖之易窮，亦在近。朝車暮舫，徒行緩步，人人可游，時時可游。而酒多于水，肉高于山，春時肩摩趾錯，男女雜沓，以挨簇爲樂。無論意不在山水，即桃容柳眼，自與東風相倚，游者何曾一著眸子也。

李流芳《斷橋春望圖題詞》：

往時至湖上，從斷橋一望，便魂消欲死。還謂所知，湖之瀲灔熹微，瀲灔：水波蕩漾貌。熹微：光綫淡弱貌。晋陶潛《歸去來辭》：『問征夫以前路，恨晨光之熹微。』大約如晨光之著樹，明月之入廬。蓋山水映發，他處即有澄波巨浸，不及也。壬子正月，以訪舊重至湖上，輒獨往斷橋，裴回終日，裴回：留戀。唐賈至《送夏侯子之江夏》詩：『留歡一杯酒，欲別復裴回。』翌日爲楊讖西題扇云：『十里西湖意，都來到斷橋。寒生梅萼小，春入柳絲嬌。乍見應疑夢，重來不待招。故人知我否，吟望正蕭條。』又明日作此圖。小春四日，小春：指夏曆十月。同孟暘、子與夜話，子與：聞子與，名啓，字子與，錢塘人，後遁入佛門，法名大晟。題此。

譚元春《湖霜草序》：譚元春：字友夏，號鵠灣，別號蓑翁，湖廣竟陵人。天啓間鄉試第一，與同里鍾惺同爲『竟陵派』創始人，論文重視性靈，反對摹古，提倡幽深孤峭的風格，所作亦流于僻奥冷澀，有《譚友夏合集》。

予以己未九月五日至西湖，不寓樓閣，不舍庵刹，而以琴尊書札，托一小舟。而舟居之妙，在五善焉。舟人無酬答，一善也；昏曉不爽其候，二善也；訪客登山，恣意所如，三善也；入斷橋，出西泠，午眠夕興，四善也；殘客可避，殘客：剩餘的客人。時時移棹，五善也。挾此五善，以長于湖。僧上凫下，觴止茗生，篙楫因風，漁笅聚火。笅：竹索。蓋以朝山夕水，臨澗對松，岸柳池蓮，藏身接友，早放孤山，晚依寶石，足了吾生，足濟吾事矣。

王叔杲《十錦塘》詩：王叔杲：字陽德、暘谷，明福建布政使司左參議王澈次子，永嘉場二都英橋里人。著有《三吴水利考》《玉介園存稿》。

橫截平湖十里天，錦橋春接六橋烟。芳林花發霞千樹，斷岸光分月兩川。『斷岸』句：指白堤將西湖分爲内湖和外湖，兩岸皆可見月。

幾度觴飛堤外景，一清棹發鏡中船。奇觀妝點知誰力，應有歌聲被管弦。

白居易《望湖樓》詩：

盡日湖亭卧，心閑事亦稀。起因殘醉醒，坐待晚涼歸。

松雨飄蘇帽，江風透葛衣。柳堤行不厭，沙軟絮霏霏。

徐渭《望湖亭》詩：

亭上望湖水，晶光澹不流。鏡寬萬影落，玉湛一磯浮。

寒入沙蘆斷，烟生野鶩投。若從湖上望，翻羨此亭幽。

張岱《西湖七月半》記：

西湖七月半，一無可看，止可看看七月半之人，以五類看之。其一，樓船簫鼓，峨冠盛筵，燈火優傒，優傒：歌伎和婢僕。聲光相亂，名爲看月而實不見月者，看之。其一，亦船亦樓，名娃閨秀，携及童孌，孌：美好。笑啼雜之，環坐露臺，左右盼望，身在月下而實不看月者，看之。其一，亦船亦聲歌，名妓閑僧，淺斟低唱，弱管輕絲，竹肉相發，『竹肉』句：《晉書·孟嘉傳》：『桓温問：「聽妓，絲不如竹，竹不如肉，何謂也？」嘉答曰：「漸近使之然。」』絲，弦樂；竹，管樂；肉，歌喉。後以『竹肉』泛指器樂與歌唱。亦在月下，亦看月，而欲人看其看月者，看之。其一，不舟不車，不衫不幘，幘：古代的頭巾。酒醉飯飽，呼群三五，擠入人叢，昭慶、斷橋，嘄呼嘈雜，裝假醉，唱無腔曲，月亦看，看月者亦看，不看月者亦看，而實無一看者，看之。其一，小船輕幌，净几暖爐，茶鐺旋煮，茶鐺：煎茶用的釜。素瓷静遞，好友佳人，邀月同坐，或匿影樹下，或逃囂裏湖，看月而人不見其看月之態，亦不作意看月者，看之。杭人游湖，巳出酉歸，避月如避仇，是夕好名，逐隊争出，多犒門軍酒錢，轎夫擎燎，列俟岸上。一入舟，速舟子急放斷橋，趕入勝會。以故二鼓以前，人聲鼓吹，如沸如撼，如魘如囈，如聾如啞，大船小船一齊湊岸，一無所見，止見篙擊篙，舟觸舟，肩摩肩，面看面而已。少刻興盡，官府席散，皂隸喝道去，轎夫叫，船上人怖以關門，燈籠火把如列星，一一簇擁而去。岸上人亦逐隊趕門，漸稀漸薄，頃刻散盡矣。吾輩始艤舟近岸，斷橋石磴始凉，席其上，呼客縱飲。此時，月如鏡新磨，山復整妝，湖復頮面。頮面：洗臉。向之淺斟低唱者出，匿影樹下者亦出，吾輩往通聲氣，拉與同坐。韵友來，名妓至，杯箸安，竹肉發。月色蒼涼，東方將白，客方散去。吾輩縱舟酣睡于十里荷花之中，香氣撲人，清夢甚愜。

孤山

《水經注》曰：水黑曰盧，不流曰奴；山不連陵曰孤。梅花嶼介于兩湖之間，四面岩巒，一無所麗，故曰孤也。是地水望澄明，皦焉衝照，亭觀繡峙，峙：直立，聳立。兩湖反景，若三山之倒水下。三山：傳説中的海上三神山。山麓多梅，爲林和靖放鶴之地。林逋隱居孤山，宋真宗徵之不就，賜號和靖處士。常畜雙鶴，豢之樊中。豢：喂養，特指喂養牲畜。樊：籠子。逋每泛小艇，游湖中諸寺，有客來，童子開樊放鶴，縱入雲霄，盤旋良久，逋必棹艇遄歸，遄：快，迅速。蓋以鶴起爲客至之驗也。臨終留絶句曰：『湖外青山對結廬，墳前修竹亦蕭疏。茂陵他日求遺稿，猶喜曾無封禪書。』茂陵：漢武帝劉徹的陵墓。封禪書：指司馬相如言封禪事的遺書。紹興十六年建四聖延祥觀，盡徙諸院刹及士民之墓，獨逋墓詔留之，弗徙。至元，楊連真伽發其墓，唯端硯一、玉簪一。明成化十年，郡守李瑞修復之。天啓間，有王道士欲于此地種梅千樹。雲間張侗初太史補《孤山種梅序》。張侗初：張鼐，字世調，號侗初。松江華亭人。著名小品文作家。萬曆三十二年進士。改庶吉士，授檢討，遷司業。天啓時擢南京禮部右侍郎，爲閹黨所劾，削籍歸。崇禎初平反，任南京吏部右侍郎。著有《寶日堂初集》《吴淞甲乙倭變志》《餻堂考故》等。

袁宏道《孤山小記》：

孤山處士，妻梅子鶴，是世間第一種便宜人。我輩祇爲有了妻子，便惹許多俗事，撇之不得，傍之可厭，如衣敗絮行荆棘中，步步牽挂。近日雷峰下有虞僧儒，亦無妻室，殆是孤山後身。所著《溪上落花詩》，雖不知于和靖如何，然一夜得百五十首，可謂迅捷之極。至于食淡參禪，則又加孤山一等矣，何代無奇人哉！

張京元《孤山小記》：

孤山東麓，有亭翼然。和靖故址，今悉編籬插棘。諸巨家規種桑養魚之利，然亦賴其稍葺亭榭，點綴山容。

楚人之弓，楚人之弓：《孔子家語·好生》：『楚共王出游，亡其烏號之弓，左右請求之。王曰：「止！楚人亡弓，楚人得之，又何求也？」孔子聞之曰：「楚王仁義而未遂也。人遺之，人得之。何必楚也！」』何問官與民也。

又《蕭照畫壁》：

西湖涼堂，紹興間所構。高宗將臨觀之。有素壁四堵，高二丈，中貴人促蕭照往繪山水。蕭照：字東生，濩泽人，生卒年不詳。靖康間金兵陷汴京，中原人民紛起抵抗，蕭照在太行山參加義兵，一日遇李唐逃亂至此，蕭照素慕李唐畫名，即拜李唐爲師，并隨之南渡至南宋都城臨安，畫藝大進。擅畫山水、人物、舟車、屋宇，尤長异松怪石，其姓名作石鼓文書款于樹石間。所作蒼浪古野，『望之有波濤洶涌、雲屯風卷之勢』。筆健墨重，氣勢雄偉，酷似李唐。照受命，即乞尚方酒四斗，夜出孤山，每一鼓即飲一斗，盡一斗則一堵已成，而照亦沉醉。上至，覽之嘆賞，宣賜金帛。

沈守正《孤山種梅疏》：沈守正：字無回，錢塘人。所著《四書叢説》十七卷、《雪堂集》《浚河防倭議》行世。

西湖之上，葱蒨親人，葱蒨：草木青翠茂盛貌。亦爽朗易盡。獨孤山盤鬱重湖之間，水石草木，皆有幽色。唐時樓閣參差，詩歌點綴，冠于兩湖。讀『不雨山常潤，無雲水自陰』之句，猶可想見當時。道孤山者，不徑西泠，必沿湖水，不似今從望湖折闤闠而入也。此地尚有古梅偃蹇，偃蹇：委曲婉轉貌。云是和靖故居。

李流芳《題孤山夜月圖》：

曾與印持諸兄弟醉後泛小艇，印持：即嚴調御，字印持，更名缶號廢翁，餘姚人，以高纔爲諸生祭酒，博雅好古，能琴善書。從孤山而歸。時月初上新堤，柳枝皆倒影湖中，空明摩蕩，如鏡中，復如畫中。久懷此胸臆，壬子在小築，小築：指規模小而比較雅致的住宅，多築于幽靜之處。忽爲孟暘寫出，真畫中矣。

蘇軾《書林逋詩後》：

吴儂生長湖山曲，呼吸湖光飲山淥。山淥：山間清泉。不論世外隱君子，傭兒販婦皆冰玉。

先生可是絶俗人，神清骨冷無由俗。我不識見曾夢見，瞳子瞭然光可燭。

遺篇妙字處處有，步繞西湖看不足。詩如東野不言寒，書似西臺差少肉。東野：孟郊，字東野，祖籍平昌，蘇軾曾言『郊寒島瘦』，後來論者便以孟郊、賈島并稱爲苦吟詩人代表，元好問甚至嘲笑他是『詩囚』。有《孟東野詩集》。西臺：北宋書法家李建中，字得中，自號岩夫民伯。人稱『李西臺』。京兆人。擅草、隸、篆、籀、八分等書體，師法顔真卿及魏晋書風。筆致豐腴肥厚，結體端莊穩健，豐肌秀骨，氣宇軒朗。

平生高節已難繼，將死微言猶可録。自言不作封禪書，更肯悲吟白頭曲。白頭曲：即白頭吟，樂府楚調曲名。

我笑吴人不好事，好作祠堂傍修竹。不然配食水仙王，一盞寒泉薦秋菊。

張祜《孤山》詩：

樓臺聳碧岑，一徑入湖心。不雨山常潤，無雲水自陰。

斷橋荒蘚合，空院落花深。猶憶西窗月，鐘聲出北林。

徐渭《孤山玩月》詩：

湖水澹秋空，練色澄初静。倚棹激中流，幽然適吾性。
舉酒忽見月，光與波相映。西子拂淡妝，遥嵐挂孤鏡。
座客本玉姿，照耀几筵瑩。憂時吐高懷，四座盡傾聽。
却言處士疏，徒抱梅花咏。如以徑寸魚，蹄涔即成泳。蹄涔：亦作「蹏涔」，語本《淮南子·氾論訓》，意爲牛蹄踏出的小坑内盛满水。
論久興彌洽，返棹堤逾迥。自顧縱清談，何嫌麈塵柄。逾：更加。迥：遥遠。麈柄：指麈尾柄，魏晋名士清談時常執此。

卓敬《孤山種梅》詩：卓敬：字惟恭，浙江瑞安人。明朝纔子，少時聰穎絶倫，博學多纔，詩詞宏麗，文章奇拔磊落。洪武二十一年進士，廷對第二，授户科給事中。靖難之役後被捕，後被殺。

風流東閣題詩客，瀟灑西湖處士家。『風流』句：杜甫有詩云：『東閣官梅動詩興，還如何遜在揚州。』用于此，代指何遜。何遜，南朝梁詩人，字仲言，東海郯人。
雪冷江深無夢到，自鋤明月種梅花。

王穉登《贈林純卿卜居孤山》詩：王穉登：字伯穀、百穀，號半偈長者、青羊君、廣長庵主、廣長闍主、松壇道人、長生館主、解嘲客卿等，江陰人，移居吴門。嘉靖四十三年至北京，在袁煒家任記室，輯《燕市集》。四十五年訪慈溪、寧波，歸著《客越志》。隆慶元年再至京師，輯《燕市後集》。萬曆十四年曾與汪道昆、王世貞、屠隆、汪道貫、汪道會等在杭州共舉『南屏社』。吴中自文徵明後，風雅無定屬，穉登嘗及徵明門，遥接其風，主詞翰之席三十餘年。萬曆二十二年與陸弼、魏學禮等被召參與修史。善書法。

藏書湖上屋三間，松映軒窗竹映關。引鶴過橋看雪去，送僧歸寺帶雲還。
輕紅荔子家千里，疏影梅花水一灣。和靖高風今已遠，後人猶得住孤山。

陳鶴《題孤山林隱君祠》詩：陳鶴：字鳴野，一作鳴軒，一字九皋，號海樵，一作海鶴，又作水樵生，山陰人。

孤山春欲半，猶及見梅花。笑踏王孫草，閑尋處士家。王孫草：漢淮南小山《楚辭·招隱士》：『王孫游兮不歸，春草生兮萋萋。』後以『王孫草』指牽人離愁的景色。

王思任《孤山》詩：

塵心瑩水鏡，野服映山霞。岩壑長如此，榮名豈足誇。

淡水濃山畫裏開，無船不署好樓臺。春當花月人如戲，烟入湖燈聲亂催。

萬事賢愚同一醉，百年修短未須哀。祇憐逋老栖孤鶴，寂寞寒籬幾樹梅。

張岱《補孤山種梅叙》：

蓋聞地有高人，品格與山川并重；亭遺古迹，梅花與姓氏俱香。名流雖以代遷，勝事自須人補。在昔西泠逸老，高潔韵同秋水，孤清操比寒梅。疏影横斜，遠映西湖清淺；暗香浮動，長陪夜月黄昏。『疏影』四句：化用林逋《山園小梅》詩：『疏影横斜水清淺，暗香浮動月黄昏。』今乃人去山空，依然水流花放。瑶葩灑雪，亂飄冢上苔痕；玉樹迷烟，恍墮林間鶴羽。兹來韵友，欲步前賢，補種千梅，重修孤嶼。凌寒三友，早連九里松篁；破臘一枝，破臘：指梅花破蕊綻放。遠謝六橋桃柳。佇想水邊半樹，點綴冰花；待將雪後横枝，低昂鐵幹。美人來自林下，高士卧于山中。『美人』二句：化用高啓《梅花》詩：『雪滿山中高士卧，月明林下美人來。』白石蒼崖，擬築草亭招放鶴；濃山淡水，閑鋤明月種梅花。有志竟成，無約不踐。將與羅浮争艷，還期庾嶺分香。『將與』二句：羅浮、庾嶺二山在今廣東，均以梅花聞名。實爲林處士之功臣，亦是蘇長公之勝友。吾輩常勞夢想，應有宿緣。

哦曲江詩，曲江：即張九齡，唐朝開元名相，詩人。字子壽，一名博物，韶州曲江人。長安年間進士。官至中書侍郎同中書門下平章事。後罷相，爲荆州長史。詩風清淡。有《曲江集》。便見孤芳風韵；讀廣平賦，尚思鐵石心腸。共策灞水之驢，且向斷橋踏雪；『共策』二句：據《唐詩紀事》記載，『鄭棨相國善詩，或曰：「相國近爲詩否？」對曰：「詩思在灞橋風雪中、驢子上，此處何以得之？」蓋言平生苦心。』遥瞻漆園之蝶，『遥瞻』句：莊子曾爲宋國漆園吏。此用『莊周夢蝶』典故，詳見《莊子·齊物論》。群來林墓尋梅。莫負佳期，用追芳躅。芳躅：指前賢的踪迹。

張岱《林和靖墓柱銘》：

雲出無心，誰放林間雙鶴；雲出無心：陶淵明《歸去來兮辭》：『雲無心以出岫。』月明有意，即思冢上孤梅。

關王廟

北山兩關王廟。其近岳墳者，萬曆十五年爲杭民施如忠所建。如忠客燕，涉潞河，潞河：也稱白河、北運河，北通北京，東南通天津，與南北大運河相接，可達杭州。颶風作，舟將覆，恍惚見王率諸河神拯救獲免，歸即造廟祀之，并祀諸河神。冢宰張瀚記之。冢宰：舊稱吏部尚書爲冢宰。其近孤山者，舊祠卑隘。萬曆四十二年，金中丞爲導首鼎新之。金中丞：即金學曾，字子魯，錢塘人。善草書，《詩餘畫譜》有其所書。隆慶二年進士，授工部主事，歷郎中，改禮部主事，出爲湖南督學。太史董其昌手書碑石記之，其詞曰：『西湖列刹相望，梵宫之外，其合于祭法者，岳鄂王、于少保與關神而三爾。于少保：即于謙，字廷益，號節庵，官至少保，世稱于少保。明代名臣，民族英雄。甲寅秋，神宗皇帝夢感聖母中夜傳詔，封神爲伏魔帝君，易兜鍪而衮冕，易大纛而九斿。兜鍪：古代戰士戴的頭盔。秦漢以前稱胄，後叫兜鍪。衮冕：衮衣和冕。古代帝王與上公的禮服和禮冠。大纛：古代行軍中或重要典禮上的大旗。九斿：古時官冕上的九串垂珠。五帝同尊，萬靈受職。視操、懿、莽、温偶奸大物，生稱賊臣，死墮下鬼，何啻天淵。顧舊祠湫隘，不稱詔書播告之意。金中丞父子爰議鼎新，時維導首，得孤山寺舊址，度材壘土，勒墻墉，莊像設，先後三載而落成。中丞以余實倡議，屬余記之。余考孤山寺，且名永福寺。唐長慶四年，長慶：唐穆宗李恒年號。有僧刻《法華》于石壁。會元微之以守越州道出杭，而杭守白樂天爲作記。有九諸侯率錢助工，其盛如此。成毁有數，金石可磨，越數百年而祠帝君。以釋典言之，則舊寺非所謂現天大將軍身，而今祠非所謂現帝釋身者耶？至人捨其生而生在，殺其身而身存。孔曰成仁，孟曰取義，孔曰成仁：《論語·衛靈公》：『志士仁人無求生以害仁，有殺生以成仁。』孟曰取義：《孟子·告子上》：『生，我所欲也；義，亦我所欲也。二者不可得兼，捨生而取義者也。』

與《法華》一大事之旨何异也。《法華》一大事之旨：《法華經》：『諸佛世尊唯以一大事因緣故，出現于世。』此大事指人的生死問題。彼謂忠臣義士猶待坐蒲團、修觀行而後了生死者，妄矣。然則石壁巋然，巋然：高高挺立而顯得穩固的樣子。而石經初未泐也。頃者四川殲叛，神爲助力，事達宸聽，宸聽：謂皇帝的聽聞。非同語怪。惟逵西黠虜尚緩天誅，逵西黠虜：指當時居于關外的後金政權。帝君能報曹而有不報神宗者乎？左挾鄂王，右挾少保，驅雷部，擲火鈴，昭陵之鐵馬嘶風，蔣廟之塑兵濡露，諒蕩魔皆如蜀道矣。先是金中丞撫閩，藉神之告，屢殲倭夷，上功盟府，故建祠之費，視衆差巨，蓋有夙願云。』寺中規製精雅，廟貌莊嚴，兼之碑碣清華，柱聯工確，一以文理爲之，較之施廟，其雅俗真隔霄壤。

董其昌《孤山關王廟柱銘》：

忠能擇主，鼎足分漢室君臣；

德必有鄰，德必有鄰：《論語·里仁》：『德不孤，必有鄰。』把臂呼岳家父子。

宋兆禴《關帝廟柱聯》：

從真英雄起家，直參聖賢之位；

以大將軍得度，再現帝王之身。

張岱《關帝廟柱對》：

統系讓偏安，當代天王歸漢室；

春秋明大義，後來夫子屬關公。

蘇小小墓

蘇小小者，南齊時錢塘名妓也。貌絶青樓，纔空士類，當時莫不艶稱。以年少早卒，葬于西泠之塢。芳魂不殁，往往花間出現。宋時有司馬槱者，司馬槱：字纔仲，陝州夏縣人，司馬光從孫。元祐中以蘇軾薦，應賢良方正能直言極諫科，入第五等，賜同進士出身。纍遷河中府司理參軍，終知杭州，卒于任。字纔仲，在洛下夢一美人搴帷而歌，搴帷：撩起帷幕。問其名，曰：『西陵蘇小小也。』問歌何曲？曰：『《黄金縷》。』後五年，纔仲以東坡薦舉，爲秦少章幕下官，秦少章：即秦覯，字少章，江蘇高郵人，秦觀之弟。元祐六年進士。調臨安主簿。工詩詞，頗能繼芳其兄，詞風相近。因道其事。少章异之，曰：『蘇小之墓，今在西泠，何不酹酒吊之。』酹酒：以酒澆地，表示祭奠。纔仲往尋其墓拜之。是夜，夢與同寢，曰：『妾願酬矣。』自是幽昏三載，纔仲亦卒于杭，葬小小墓側。

西陵蘇小小詩：

妾乘油壁車，郎跨青驄馬。何處結同心，西陵松柏下。

又詞：

妾本錢塘江上住，花落花開，不管流年度。燕子銜將春色去，紗窗幾陣黄霉雨。　斜插玉梳雲半吐，檀板輕敲，唱徹《黄金縷》。夢斷彩雲無覓處，夜凉明月生南浦。

李賀《蘇小小》詩：李賀：唐代著名詩人。河南福昌人。字長吉，世稱李長吉、鬼纔、詩鬼等，與李白、李商隱并稱唐代『三李』。

幽蘭露，如啼眼。無物結同心，烟花不堪剪。草如茵，松如蓋。風爲裳，水爲珮。油壁車，夕相待。

冷翠燭，勞光彩。西陵下，風吹雨。

沈原理《蘇小小歌》：

歌聲引回波，回波：樂府商調曲，又舞曲，唐中宗時造。六言四句，開頭例有『回波爾時』四字，故名。舞衣散秋影。夢斷別青樓，千秋香骨冷。青銅鏡裏雙飛鸞，饑烏吊月啼勾欄。風吹野火火不滅，山妖笑入狐狸穴。西陵墓下錢塘潮，潮來潮去夕復朝。墓前楊柳不堪折，春風自綰同心結。

元遺山《題蘇小像》：元遺山：即元好問，字裕之，號遺山，世稱遺山先生，山西秀容人。金宣宗興定五年進士，歷任内鄉令、南陽令、尚書省掾、左司都事、行尚書省左司員外郎，金亡不仕。工詩文，在金元之際頗負重望。其詩奇崛而絶雕琢，巧縟而不綺麗，形成河汾詩派。

槐蔭庭院宜清晝，簾捲香風透。美人圖畫阿誰留，都是宣和名筆内家收。鶯鶯燕燕分飛後，粉淺梨花瘦。祇除蘇小不風流，斜插一枝萱草鳳釵頭。

徐渭《蘇小小墓》詩：

一抔蘇小是耶非，繡口花腮爛舞衣。自古佳人難再得，從今比翼罷雙飛。

薤邊露眼啼痕淺，薤：多年生草本植物，地下有鱗莖，鱗莖和嫩葉可食。松下同心結帶稀。恨不顛狂如大阮，欠將一曲慟兵闈。『恨不』二句：大阮，即阮籍，三國魏詩人。字嗣宗，陳留尉氏人，建安七子之一阮瑀之子。曾任步兵校尉，世稱阮步兵。崇奉老莊之學，政治上則采取謹慎避禍的態度。與嵇康、劉伶等七人爲友，常集于竹林之下肆意酣暢，世稱『竹林七賢』。慟兵闈：據《晉書·阮籍傳》記載，『兵家女有纔色，未嫁而死。籍不識其父兄，徑往哭之，盡哀而還。其外坦蕩而内淳至，皆此類也。』

陸宣公祠

孤山何以祠陸宣公也？陸宣公：陸贄，字敬輿，蘇州嘉興（今屬浙江）人。唐代政治家，文學家。大曆八年進士，中博學宏辭、書判拔萃科。德宗即位，召充翰林學士。貞元八年出任宰相，但兩年後即因與裴延齡有矛盾，被貶充忠州別駕（州主管官的佐吏），永貞元年卒于任所，謚號宣。蓋自陸少保炳爲世宗乳母之子，陸少保炳：陸炳，字文孚，明代平湖人。祖墀，以軍籍隸錦衣衛爲總旗。父松，襲職，從興獻王之國安陸，選爲儀衛司典仗。世宗入承大統，松以從龍恩，遷錦衣副千户。纍官後府都督僉事，協理錦衣衛事。攬權怙寵，自謂系出宣公，創祠祀之。規製宏敞，吞吐湖山。臺榭之盛，概湖無比。炳以勢焰，孰有美産，即思攫奪。旁有故錦衣王佐别墅壯麗，王佐：曾掌管錦衣衛。其孽子不肖，炳乃羅織其罪，勒以獻産。捕及其母，故佐妾也。對簿時，子强辯。母膝行前，道其子罪甚詳。子泣，謂母忍陷其死也。母叱之曰：『死即死，尚何説！』指炳座顧曰：『而父坐此非一日，作此等事亦非一日，而生汝不肖子，天道也，汝死猶晚！』炳頰發赤，趣遣之出，弗終奪。炳物故，祠没入官，以名賢得不廢。隆慶間，御史謝廷傑以其祠後增祀兩浙名賢，益以嚴光、林逋、趙忭、王十朋、吕祖謙、張九成、楊簡、宋濂、王琦、章懋、陳選。嚴光：本姓莊，後人避漢明帝劉莊諱改其姓，一名遵，字子陵，餘姚人。少有高名，與劉秀同游學。東漢建武元年，劉秀即位爲光武帝，嚴光乃隱名换姓，隱居浙江杭州桐廬富春江畔，每日垂釣，後此地爲桐廬嚴子陵釣臺。王十朋：字龜齡，號梅溪，南宋著名的政治家和詩人，出生于樂清四都左原（今浙江省樂清市）梅溪村。紹興二十七年他以『攬權』中興爲對，中狀元，先授承事郎，兼建王府小學教授。以名節聞名于世，批評朝政，直言不諱。吕祖謙：字伯恭，壽州人，生于婺州，人稱東萊先生。與朱熹、張栻齊名，同被尊爲『東南三賢』，『鼎立爲世師』，是南宋時期著名的理學大家之一。他所創立的『婺學』，也是當時頗具影響的學派之一。張九成：字子韶，自號横浦居士，其先開封人，徙居錢塘。官至禮部刑部侍郎，著有《横浦集》。楊簡：字敬仲，世稱慈湖先生，南宋慈溪人。乾道五年進士及第，初調富陽主簿。後歷任紹興府理掾、知樂平、國子博士、著作佐郎兼兵部郎官、將作少監，實録院檢討官。著《慈湖詩傳》。宋濂：字景濂，號潛溪，别號玄真子、玄真道士、玄真遁叟，浦江人。元末明初文學家。曾被明太祖朱元璋譽爲『開國文臣之首』，與高啓、劉基并稱爲『明初詩文三大家』。王琦：字文璭，明代仁和人。鄉貢試禮部副榜，授汝州學正，擢監察御史，以學行老成稱。章懋：字德懋，號闇然翁，晚年又號瀫濱遺老，蘭溪渡瀆村人。自幼讀書强于記憶。明天順六年中解元。成化二年中會元，選爲庶吉士，次年授編修。著作有《楓山語録》《楓山集》及附録。所纂《蘭溪縣志》，爲蘭溪現存最早方志。陳選：字士賢，臨海城關人，父陳員韜。明英宗天順四年進士，授御史，巡按江西。著有《宋史道學傳》《丹崖集》。

會稽進士陶允宜以其父陶大臨自製牌版，陶允宜：字懋中，會稽人。著有《鏡心堂草》。陶大臨：字虞臣，號念齋，浙江會稽人。明世宗嘉靖三十五年丙辰科榜眼，官至禮部侍郎。令人匿之懷中，竊置其旁。時人笑其痴孝。

祁彪佳《陸宣公祠》詩：

東坡佩服宣公疏，俎豆西泠蘋藻香。『東坡』句：蘇東坡曾在《乞校正陸贄奏議進御札子》中對陸贄的奏疏大加贊賞：『聚古今之精英，實治亂之通鑒。』俎豆：古代祭祀、宴會時盛肉類等食品的兩種器皿。蘋藻：皆水草名，古人常采作祭祀之用。俎豆和蘋藻在此泛指祭品。泉石蒼凉存意氣，山川開滌見文章。

畫工界畫增金碧，廟貌巍峨見衮皇。衮皇：輝煌，光輝。陸炳湖頭誇勢焰，崇韜乃敢認汾陽。據《新五代史·郭崇韜傳》記載，郭崇韜用事之時，官員多傾附于他，因姓郭而以之爲郭子儀之後，郭崇韜亦以爲然。及其伐蜀，路過郭子儀墓時下馬慟哭方離去，聽者多笑之。詩句用典以諷刺陸炳認陸贄爲先祖。

六一泉

六一泉在孤山之南，一名竹閣，一名勤公講堂。宋元祐六年，元祐：宋哲宗趙煦年號。東坡先生與惠勤上人同哭歐陽公處也。惠勤上人：北宋詩僧，餘杭人。勤上人講堂初構，掘地得泉，東坡爲作泉銘。以兩人皆列歐公門下，此泉方出，適哭公訃，名以六一，猶見公也。其徒作石屋覆泉，且刻銘其上。南渡高宗爲康王時，常使金，夜行，見四巨人執殳前驅。執殳前驅：《詩·衛風·伯兮》：『伯爲執殳，爲王前驅。』登位後問方士，乃言紫薇垣有四大將，紫薇垣：亦作紫微垣，三垣之一，按《步天歌》，紫微垣爲三垣的中垣，位于北天中央位置，故稱中宮，以北極爲中樞。有十五星，分爲左垣與右垣兩列，『宋史·天文志』：『紫微垣在北斗北，左右環列，翊衛之象也。』曰天蓬、天猷、翊聖、真武。帝思報之，遂廢竹閣，改延祥觀，以祀四巨人。至元初，世祖又廢觀爲帝師祠。泉没于二氏之居二百餘年。二氏之居：指佛道二家之道觀、寺院。元季兵火，泉眼復見，但石屋已圮，而泉銘亦爲鄰僧舁去。洪武初，有僧名行昇者，鋤荒滌垢，圖復舊觀。仍樹石屋，且求泉銘，復于故處。乃欲建祠堂，以奉祀東坡、勤上人，以參寥故事，參寥，即宋僧參寥子。力有未逮。教授徐一夔爲作疏曰：徐一夔：字惟精，又字大章，號始豐，天台縣屯橋鄉東徐村人。博學善屬文，擅名于時。『睠兹勝地，睠：古同『眷』。實在名邦。勤上人于此幽栖，蘇長公因之數至。迹分緇素，緇素：指僧俗。僧徒衣緇，俗衆服素，故稱。同登歐子之門；誼重死生，會哭孤山之下。惟精誠有感通之理，故山岳出迎勞之泉。名聿表于懷賢，忱式昭于薦菊。雖存古迹，必肇新祠。此舉非爲福田，福田：佛教以爲供養布施，行善修德，能受福報，猶如播種田畝，有秋收之利，故稱。實欲共成勝事。儒冠僧衲，請恢雅量以相成；山色湖光，行與高峰而共遠。願言樂助，毋誚濫竽。』

蘇軾《六一泉銘》：

歐陽文忠公將老，自謂六一居士。予昔通守錢塘，别公于汝陰而南。公曰：『西湖僧惠勤甚文而長于詩，吾昔爲《山中樂》三章以贈之。子閑于民事，求人于湖山間而不可得，則往從勤乎？』予到官三日，訪勤于孤山之下，抵掌而論人物，曰：『六一公，天人也。人見其暫寓人間，而不知其乘雲馭風，歷五岳而跨滄海也。此邦之人，以公不一來爲恨。公麾斥八極，何所不至。雖江山之勝，莫適爲主，而奇麗秀絶之氣，常爲能文者用。故吾以爲西湖蓋公几案間一物耳。』勤語雖怪幻，而理有實然者。明年公薨，予哭于勤舍。又十八年，予爲錢塘守，則勤亦化去久矣。訪其舊居，則弟子二仲在焉，畫公與勤像，事之如生。舍下舊無泉，予未至數月，泉出講堂之後，孤山之趾，汪然溢流，甚白而甘。即其地鑿岩架石爲室。二仲謂：『師聞公來，出泉以相勞苦，公可無言乎？』乃取勤舊語，推本其意，名之曰『六一泉』。且銘之曰：『泉之出也，去公數千里，後公之没十八年，而名之曰「六一」，不幾于誕乎？曰：君子之澤，豈獨五世而已，「君子」二句：《孟子·離婁下》：「君子之澤，五世而斬。」蓋得其人，則可至于百傳。常試與子登孤山而望吴越，歌山中之樂而飲此水，則公之遺風餘烈，亦或見于此泉也。』

白居易《竹閣》詩：

晚坐松檐下，宵眠竹閣間。清虚當服藥，幽獨抵歸山。
巧未能勝拙，忙應不及閑。無勞事修煉，衹此是玄關。玄關：佛教中稱之爲入道的法門。

葛嶺

葛嶺者，葛仙翁稚川修仙地也。仙翁名洪，號抱朴子，句容人也。從祖葛玄，學道得仙術，傳其弟子鄭隱。鄭隱：字思遠，西晉方士。拜葛玄爲師，精于煉丹。洪從隱學，盡得其秘。上黨鮑玄妻以女。上黨：地名，位于今山西省的東南部，主要爲長治、晉城兩市。它是由群山包圍起來的一塊高地。其東部、東南部是太行山脉，與今河北、河南二省分界；西南部爲王屋、中條二山，與今河南省分界；西面是太岳山脉；北面爲五雲山、八賦嶺等山地。上黨地區地高勢險，自古爲戰略要地。鮑玄：東晉南海太守，好道。咸和初，司徒導招補主簿，司徒導：王導，字茂弘，琅琊臨沂人。東晉初年的大臣，在東晉歷仕晉元帝、晉明帝和晉成帝三代，是東晉政權的奠基者之一。干寶薦爲大著作，干寶：東晉人，字令升，祖籍河南新蔡。著有《晉紀》及《搜神記》。大著作：著作郎的别稱。也稱大著作郎。皆固辭。聞交趾出丹砂，交趾：亦作『交阯』。原爲古地區名，泛指五嶺以南。漢武帝時爲所置十三刺史部之一，轄境相當于今廣東、廣西大部和越南的北部、中部。東漢末改爲交州。越南于十世紀三十年代獨立建國後，宋亦稱其國爲交趾。獨求爲勾漏令。勾漏：亦作『勾扇』，山名。在今廣西北流縣東北。有山峰聳立如林，溶洞勾曲穿漏，故名。爲道家所傳三十六小洞天的第二十二洞天。行至廣州，刺史鄭嶽留之，乃煉丹于羅浮山中。如是者積年。一日，遺書嶽曰：『當遠游京師，剋期便發。』嶽得書，狼狽往别，而洪坐至日中，兀然若睡，卒年八十一。舉尸入棺，輕如蟬蜕，世以爲尸解仙去。智果寺西南爲初陽臺，在錦塢上，仙翁修煉于此。臺下有投丹井，今在馬氏園。宣德間大旱，馬氏甃井得石匣一、甃：修、砌。石瓶四。匣固不可啓。瓶中有丸藥若芡實者，啖之絶無氣味，乃弃之。施漁翁獨啖一枚，後年百有六歲。浚井後，水遂淤惡不可食，以石匣投之，清洌如故。

祁豸佳《葛嶺》詩：

抱朴游仙去有年，如何姓氏至今傳。釣臺千古高風在，漢鼎雖遷尚姓嚴。釣臺：指東漢嚴子陵垂釣處。故址在浙江桐廬城西十五公里的富春山上。

勾漏靈砂世所稀，携來烹煉作刀圭。刀圭：中藥的量器名。晉葛洪《抱朴子・金丹》：『服之三刀圭，三尸九蟲皆即消壞，百病皆愈也。』王明校釋：『刀圭，量藥具。』武威漢墓出土醫藥木簡中有刀圭之稱。後泛指藥物。若非漁子年登百，幾使還丹變井泥。還丹：道家合九轉丹與朱砂再次提煉而成仙丹，自稱服後可以即刻成仙。

平章甲第半湖邊，日日笙歌入畫船。循州一去如烟散，葛嶺依然還稚川。『平章』四句：前兩句描寫賈似道爲平章時歌舞升平的生活畫面，後兩句描寫賈似道勢衰被發配循州之事。

葛嶺孤山隔一丘，昔年放鶴此山頭。高飛莫出西山缺，嶺外無人勿久留。

蘇公堤

杭州有西湖，潁上亦有西湖，潁上：縣名，位于安徽省西北部，淮河北岸。皆爲名勝，而東坡連守二郡。其初得潁，潁人云：『内翰祇消游湖中，内翰：唐宋稱翰林爲内翰。蘇軾曾做過翰林學士，故稱。便可以了公事。』秦太虛秦太虛：秦觀，字少游，一字太虛，號淮海居士，别號邗溝居士，揚州高郵人。『蘇門四學士』之一。因作一絶云：『十里荷花菡萏初，菡萏：古人稱未開的荷花爲菡萏，即花苞。我公身至有西湖。欲將公事湖中了，見説官閑事亦無。』後東坡到潁，有謝執政啓云：『入參兩禁，每玷北扉之榮；北扉之榮：唐高宗時朝廷大事都召集文士參與決議，允許其從北門出入，其餘官員則祇能從南門出入。出典二邦，迭爲西湖之長。』故其在杭，請浚西湖，聚葑泥，築長堤，自南之北，横截湖中，遂名蘇公堤。夾植桃柳，中爲六橋。南渡之後，鼓吹樓船，頗極華麗。後以湖水漱齧，漱齧：亦作『漱嚙』。侵蝕，衝蕩。堤漸淩夷。入明，成化以前，裏湖盡爲民業，六橋水流如綫。正德三年，郡守楊孟瑛闢之，西抵北新堤爲界，增益蘇堤，高二丈，闊五丈三尺，增建裏湖六橋，列種萬柳，頓復舊觀。久之，柳敗而稀，堤亦就圮。嘉靖十二年，縣令王釴令犯罪輕者種桃柳爲贖，紅紫燦爛，錯雜如錦。後以兵火，砍伐殆盡。萬曆二年，鹽運使朱炳如復植楊柳，朱炳如：字稺文，又字仲南，别號白野，明湖廣衡陽縣人。嘉靖三十八年進士，歷官行人、御史、泉州知府、兩浙鹽運使、浙江按察使、陝西布政使，以不附張居正罷官。爲官清廉謹慎，地方饋贈一律不受。赴任時不講排場，一人一騎進城，隨行常僅有兩箱圖書幾套公服。爲御史時，不徇私情，不畏權勢，曾上書彈劾副將監司以下官吏的不法行爲，海内稱爲名御史。著有《白野詩文集》刊行于世。又復燦然。迨至崇禎初年，堤上樹皆合抱。太守劉夢謙與士夫陳生甫輩時至。二月，作勝會于蘇堤。城中括羊角燈、紗燈幾萬盞，遍挂桃柳樹上，下以紅氈鋪地，冶童名妓，縱飲高歌。夜來萬蠟齊燒，光明如晝。湖中遥望堤上萬蠟，湖影倍之。簫管笙歌，沉沉昧旦。昧旦：天將明未明之時，破曉。《詩·

鄭風・女曰雞鳴》：『女曰雞鳴，士曰昧旦。』傳之京師，太守鐫級。鐫級：降低官階，降職。《清史稿・高宗紀五》：『秋七月庚申，索琳以不職鐫級，以伍彌泰爲理藩院尚書。』因想東坡守杭之日，春時每遇休暇，必約客湖上，早食于山水佳處。飯畢，每客一舟，令隊長一人，各領數妓，任其所之。晡後鳴鑼集之，復會望湖亭或竹閣，極歡而罷。至一二鼓，夜市猶未散，列燭以歸，城中士女夾道雲集而觀之。此真曠古風流，熙世樂事，不可復追也已。

張京元《蘇堤小記》：

蘇堤度六橋，堤兩旁盡種桃柳，蕭蕭摇落。想二三月，柳葉桃花，游人闐塞，闐塞：擁塞。唐封演《封氏聞見記・除蠹》：『陳氏子弟親屬數十人，相率號哭，闐塞階屏。』不若此時自爲清勝。

李流芳《題兩峰罷霧圖》：

三橋龍王堂，望西湖諸山，頗盡其勝。烟林霧障，映帶層疊；淡描濃抹，頃刻百態。非董、巨妙筆，董、巨：即董源與巨然。董源：南唐畫家。一作董元，字叔達，江西鍾陵人，自稱『江南人』。生卒年不詳，主要活動在南唐中主時期。事南唐中主李璟時任北苑副使，故又稱『董北苑』，南唐亡後入宋，被看作南派山水畫的開山大師。畫史上把董源、范寬、李成稱爲北宋初年的三大家。巨然：五代南唐、北宋畫家，僧人。原姓名不詳，生卒年不詳，江西鍾陵人，一説江寧人。早年在江寧開元寺出家，南唐降宋後，隨後主李煜來到開封，居開寶寺。擅山水，師法董源，專畫江南山水，所畫峰巒，山頂多作礬頭，林麓間多卵石，并掩映以疏筠蔓草，置之細徑危橋茅屋，得野逸清静之趣，深受文人喜愛。以長披麻皴畫山石，筆墨秀潤，爲董源畫風之嫡傳，二人并稱董巨，對元明清以至近代的山水畫發展有極大影響。不足以發其氣韻。余在小築時，呼小舟槳至堤上，縱步看山，領略最多。然動筆便不似。甚矣，氣韻之難言也。予友程孟暘程孟暘：即程嘉燧，字孟暘，休寧人，爲嘉定四先生之一。《湖上題畫》詩云：『風堤露塔欲分明，閣雨縈陰兩未成。我試畫君團扇上，船窗含墨信風行。』此景此詩，此人此畫，俱屬可想。癸丑八月，清暉閣題。

蘇軾《築堤》詩：

六橋橫截天漢上，北山始與南屏通。忽驚二十五萬丈，老葑席捲蒼烟空。

昔日珠樓擁翠鈿，女墻猶在草芊芊。女墻：城墻上呈凹凸形的小墻。東風第六橋邊柳，不見黃鸝見杜鵑。

又詩：

惠勤、惠思皆居孤山。蘇子倅郡，倅：副，輔助的。這裏指擔任該郡的副職。以臘日訪之，作詩云：

臘月不歸對妻孥，名尋道人實自娛。道人之居在何許，寶雲山前路盤紆。寶雲山：在西湖的北面，當時以盛產茶葉聞名。

天欲雪時雲滿湖，樓臺明滅山有無。水清石出魚可數，林深無人鳥相呼。

孤山孤絶誰肯廬，道人有道山不孤。紙窗竹屋深自暖，擁褐坐睡依團蒲。

天寒路遠愁僕夫，整駕催歸及未晡。出山回望雲水合，但見野鶴盤浮屠。

兹游澹泊歡有餘，到家恍如夢蘧蘧。作詩火急追亡逋，清景一失後難摹。

王世貞《泛湖度六橋堤》詩：

拂幰鶯啼出谷頻，幰：車上的帷幔。長堤夭矯跨蒼旻。蒼旻：蒼天。六橋天闊争虹影，五馬飆開散曲塵。五馬：《玉臺新咏・日出東南隅行》：『使君從南來，五馬立踟躕。』漢時太守乘坐的車用五匹馬，因借指太守的車駕。

碧水乍摇如轉盼，青山初沐競舒鬟。莫輕楊柳無情思，誰是風流白舍人？白舍人：指白居易，曾爲中書舍人，故稱。

李鑒龍《西湖》詩：

花柳曾聞暗六橋，近來游舫甚蕭條。折殘畫閣堤邊失，倒入山光波上摇。

秋水湖心眸一點，夜潭塔影黛雙描。蘭亭感慨今移此，痴對雷峰話寂寥。蘭亭感慨：指王羲之《蘭亭序》所抒發的人生感悟。

湖心亭

湖心亭舊爲湖心寺，湖中三塔，此其一也。明弘治間，按察司僉事陰子淑秉憲甚厲。弘治：明孝宗朱祐樘年號。僉事：官名。金置按察司僉事。元時諸衛、諸親軍及廉訪、安撫諸司，皆置僉事。明因之，都督、都指揮、按察、宣慰、宣撫等，皆有僉事。清初沿用，乾隆時廢。陰子淑：內江人，成化中知金州，以禮義教民，風俗爲之變。寺僧怙鎮守中官，鎮守中官：明朝時朝廷派遣至地方并監督地方政務的官員。杜門不納官長。陰廉其奸事，廉：在此取察考、訪查之意。毀之，并去其塔。嘉靖三十一年，太守孫孟尋遺迹，孫孟：滁州人，與李鵬舉、程汝繼、王琪一起被人們稱爲四賢，有『四賢祠』祀之。建亭其上。露臺畝許，周以石欄，湖山勝概，一覽無遺。數年尋圮。萬曆四年，僉事徐廷祼重建。徐廷祼：嘉靖三十八年進士，曾爲禮部主事、浙江按察司僉事。二十八年，司禮監孫東瀛改爲清喜閣，金碧輝煌，規模壯麗，游人望之，如海市蜃樓。烟雲吞吐，恐滕王閣、岳陽樓俱無其偉觀也。春時，山景睺羅、書畫骨董，睺羅：亦作『摩侯羅』『摩訶羅』。唐、宋、元習俗，用土、木、蠟等製成的嬰孩形玩具。多于七夕時用，爲送子之祥物。語本梵語摩睺羅伽。宋周密《乾淳歲時記》：『七夕節物，多尚果食茜雞及泥孩兒，號摩睺羅，有極精巧飾以金珠者，其值不資。』骨董：即古董。盈砌盈階，喧闐擾攘，聲息不辨。夜月登此，闃寂淒涼，闃：即『闃』。《說文解字》：『闃，静也。』如入鮫宮海藏。月光晶沁，水氣滃之，滃：《說文解字》：『雲氣起也。從水翁聲。烏孔切。』此爲濃染之意。人稀地僻，不可久留。

張京元《湖心亭小記》：

湖心亭雄麗空闊，時晚照在山，倒射水面，新月挂東，所不滿者半規，金盤玉餅，與夕陽彩翠重輪交網，不覺狂叫欲絶。恨亭中四字匾、隔句對聯，填楣盈棟，安得借咸陽一炬了此業障。咸陽一炬：《史記·項羽本紀》：『項羽引兵西屠咸陽，殺秦降王子嬰，燒秦宮室，火三月不滅。』業障：佛教語。謂妨礙修行證果的罪業。

張岱《湖心亭小記》：《湖心亭小記》：選自張岱《陶庵夢憶》卷三，原名爲《湖心亭看雪》。

崇禎五年十二月，余住西湖。大雪三日，湖中人鳥聲俱絶。是日更定矣，余拏一小舟，拏：清康熙刻本、清光緒九年刻本、六藝書局本《西湖夢尋》均作『拿』；粤雅堂叢書、世界書局本、中國文學珍本叢書、叢書集成初編本、清刻本《陶庵夢憶》均作『挐』。意爲牽引。擁毳衣爐火，毳衣：毛皮所製衣。獨往湖心亭看雪。霧凇沆碭，霧凇：寒冷天，霧滴碰到在零度以下的樹枝等物時，再次凝結成白色鬆散的冰晶，叫『霧凇』。通稱『樹挂』。天與雲、與山、與水，上下一白。湖上影子，惟長堤一痕，湖心亭一點，與余舟一芥，舟中人兩三粒而已。到亭上，有兩人鋪氈對坐，一童子燒酒，爐正沸。見余大驚喜，曰：『湖中焉得更有此人！』拉與同飲。余强飲三大白而别。大白：罰酒的杯。漢劉向《説苑·善説》：『魏文侯與大夫飲酒，使公乘不仁爲觴政，曰：「飲不釂者，浮以大白。」』問其姓氏，是金陵人，客此。及下船，舟子喃喃曰：『莫説相公痴，更有痴似相公者。』

胡來朝《湖心亭柱銘》：胡來朝：字杼丹，别號光六，明代贊皇縣浦宏村人。萬曆二十六年進士。初任陜西延安府司理，後補任浙江杭州司理，又擢吏部文選司郎中，纍升都察院右僉都御史。

四季笙歌，尚有窮民悲夜月；六橋花柳，渾無隙地種桑麻。

鄭燁《湖心亭柱銘》：鄭燁：字文光，錢塘人。嘉靖三十一年舉人，安慶府丞，以母老弃官歸。

亭立湖心，儼西子載扁舟，雅稱雨奇晴好；雨奇晴好：蘇軾《飲湖上初晴後雨》：『水光瀲灧晴方好，山色空蒙雨亦奇。』

席開水面，恍東坡游赤壁，偏宜月白風清。月白風清：蘇軾《後赤壁賦》：『有客無酒，有酒無肴，月白風清，如此良宵何。』

張岱《清喜閣柱對》：

如月當空，偶似微雲點河漢；

在人爲目，且將秋水剪曈神。『且將』句：李賀《唐兒歌》：『一雙曈人剪秋水。』

放生池

宋時有放生碑，在寶石山下。蓋天禧四年，王欽若請以西湖爲放生池，王欽若：字定國，謚文穆，臨江軍新喻人。王欽若是真宗時期的宰相，屬于當時主和派的勢力，主張把國都南遷，與當時主戰的寇準對立。另一方面，他亦因爲主導編纂《册府元龜》而知名。禁民網捕，郡守王隨爲之立碑也。王隨：北宋河陽人，字子正。宋真宗時以給事中知杭州，往興教寺謁小壽禪師，機語契合，竟明大法。曾爲長水子璿禪師之首《楞嚴義疏注經》作序，并删次《景德傳燈録》三十卷爲《傳燈玉英集》十五卷行世。今之放生池在湖心亭之南，外有重堤，朱欄屈曲，橋跨如虹，草樹蓊翳，尤更岑寂。古云三潭印月，即其地也。春時游舫如鶩，至其地者，百不得一。其中佛舍甚精，複閣重樓，迷禽闇日，威儀肅潔，器鉢無聲。但恨魚牢幽閉，漲膩不流，劌鬐缺鱗，劌：刺傷。鬐：古通『鰭』。頭大尾瘠，魚若能言，其苦萬狀。以理揆之，孰若縱壑開樊，聽其游泳，則物性自遂？深恨俗僧難與解釋耳。昔年余到雲栖，見雞鵝豚羖，羖：黑色的公羊，泛指山羊。共牢饑餓，日夕挨擠，墮水死者不計其數。余向蓮池師再四疏説，亦謂不能免俗，聊復爾爾。後見兔鹿猢猻亦受禁鎖，猢猻：猴子的别稱。余曰：『雞鳧豚羖，皆藉食于人，若兔鹿猢猻，放之山林，皆能自食，何苦鎖禁，待以胥縻？』胥縻：亦作胥靡，古代服勞役的奴隸或刑徒。亦爲刑罰名。蓮師大笑，悉爲撤禁，聽其所之，見者大快。

陶望齡《放生池》詩：

介盧曉牛鳴，冶長識雀噦。介盧：即介葛盧，春秋時介氏國國君，據傳其懂獸語。冶長：公冶長，名長，字子芝。春秋齊國人，亦說魯國人。孔子的女婿。爲孔子弟子，『七十二賢』之一，名列第二十。自幼家貧，勤儉節約，聰穎好學，博通書禮，德纔兼備，終生治學不仕祿。相傳通鳥語，并因此無辜獲罪。公治長一生治學，魯君多次請他爲大夫，但他一概不應，而是繼承孔子遺志，教學育人，成爲著名文士。噦：鳥鳴。吾願天耳通，天耳通：佛教語。又稱『天耳智證通』，六通之一，以與天耳相應之智慧，證知一切之聲境而通達無礙者。達此音聲類。群魚泣妻妾，雞鶩呼弟妹。不獨死可哀，生離亦可嘅。嘅：古同『慨』，嘆息。閩語既嚶咿，吴聽了難會。寧聞閩人肉，忍作吴人膾。可憐登陸魚，噞喁向人辭。噞喁：魚口開合貌。人曰魚口喑，魚言人耳背。何當破網羅，施之以無畏。

昔有二勇者，操刀相與酤。曰子我肉也，奚更求食乎。互割還互啖，彼盡我亦屠。食彼同自食，舉世嗤其愚。『昔有』八句：《吕氏春秋·當務》：『齊之好勇者，其一人居東郭，其一人居西郭，卒然相遇于塗，曰：「姑飲乎？」觴數行，曰：「姑求肉乎？」一人曰：「子肉也，我肉也，尚胡革求肉而爲？」于是具染而已，因抽刀而相啖，至死而止。勇若此，不若無勇。』染即醬。還語血食人，血食：謂吃魚肉之類葷腥食物。《梁書·諸夷傳·扶南國》：『王常樓居，不血食，不事鬼神。』有以异此無？

吴越王錢鏐于西湖上税漁，名『使宅魚』。一日，羅隱入謁，壁有磻溪垂釣圖，磻溪：溪名，在今陝西寶雞市東南，相傳是姜太公釣魚的地方。酈道元《水經注·清水》：『城西北有石夾水，飛湍浚急，人亦謂之磻溪，言太公嘗釣于此也。』王命題之。題云：『吕望當年展廟謨，直鉤釣國又何如？假令身住西湖上，也是應供使宅魚。』王即罷漁税。

放生池柱對：

天地一網罟，欲度衆生誰解脱；

飛潛皆性命，但存此念即菩提。

醉白樓

杭州刺史白樂天嘯傲湖山時，有野客趙羽者，湖樓最暢，樂天常過其家，痛飲竟日，絶不分官民體。羽得與樂天通往來，索其題樓。樂天即顔之曰『醉白』。在茅家埠，今改吴莊。一松蒼翠，飛帶如虬，大有古色，真數百年物。當日白公，想定盤礴其下。盤礴：箕踞而坐。

倪元璐《醉白樓》詩：

金沙深處白公堤，太守行春信馬蹄。冶艷桃花供祗應，迷離烟柳藉提携。祗應：供奉，當差。

閑時風月爲常主，到處鷗鳧是小傒。野老偶然同一醉，山樓何必更留題。

小青佛舍

小青，廣陵人。十歲時，遇老尼口授《心經》，一過成誦。尼曰：『是兒早慧福薄，乞付我作弟子。』母不許。長好讀書，解音律，善弈棋。誤落武林富人，爲其小婦。大婦奇妒，凌逼萬狀。一日携小青往天竺，大婦曰：『西方佛無量，乃世獨禮大士，何耶？』大士：佛教對菩薩的通稱，後特指觀世音菩薩。小青曰：『以慈悲故耳。』大婦笑曰：『我亦慈悲若。』乃匿之孤山佛舍，令一尼與俱。小青無事，輒臨池自照，好與影語，絮絮如問答，人見輒止。故其詩有『瘦影自臨春水照，卿須憐我我憐卿』之句。後病瘵，絶粒，日飲梨汁少許，奄奄待盡。乃呼畫師寫照，更换再三，都不謂似。後畫師注視良久，匠意妖纖。乃曰：『是矣。』以梨酒供之榻前，連呼：『小青！小青！』一慟而絶，年僅十八。遺詩一帙。大婦聞其死，立至佛舍，索其圖并詩焚之，遽去。

小青《拜慈雲閣》詩：

稽首慈雲大士前，莫生西土莫生天。願將一滴楊枝水，灑作人間并蒂蓮。楊枝水：佛教喻稱能使萬物復蘇的甘露。

又《拜蘇小小墓》詩：

西泠芳草綺粼粼，内信傳來唤踏青。杯酒自澆蘇小墓，可知妾是意中人。

卷四　西湖南路

柳洲亭

柳洲亭，宋初爲豐樂樓。豐樂樓：據明《杭州府志》載，豐樂樓在豐豫門外，舊名聳翠樓。高宗移汴民居杭地，嘉、湖諸郡，時歲豐稔，建此樓以與民同樂，故名。門以左，孫東瀛建問水亭。問水亭：明《杭州府志・名勝》：『司禮監孫隆以規製未稱，撤舊材置問水亭于涌金門外，叠石四周，别成杰閣。』高柳長堤，樓船畫舫，會合亭前，雁次相綴。朝則解維，暮則收纜。車馬喧闐，騶從嘈雜，一派人聲，擾嚷不已。堤之東盡爲三義廟。過小橋折而北，則吾大父之寄園、銓部戴斐君之别墅。銓部：主管選拔官吏的部門。唐代文官由吏部銓選，武職由兵部銓選。宋初吏部銓選官員，僅限州縣官及幕。文官少卿、監以上中書主之，京朝官由審官院主之；武官刺史、副率以上内職由樞密院主之。至明代，文歸吏部，武歸兵部。歷代吏部職掌甚重，故常以『銓部』指吏部。戴斐君：《台州府志》：『戴澳，字有斐，奉化人，萬曆進士，官至順天府丞。』折而南，則錢麟武閣學、商等軒冢宰、祁世培柱史、余武貞殿撰、陳襄範掌科各家園亭，錢麟武：即錢象坤。閣學：明清時對内閣大學士的稱呼。明《殿閣詞林記》有殿學、閣學、詹學、翰學之名。國朝閣臣大拜，祇稱中堂，或稱相公，而内閣學士則稱閣學。商等軒：商周祚，字明兼，號等軒，明紹興會稽人。燕陽公（即商爲正）之長孫，景亳公之冢子（即嫡長子）。萬曆二十五年舉人，萬曆二十九年辛丑科張以誠榜進士，授邵武縣令五載，廉潔如冰，因賠貼而致家産殆盡。入京，纍官太僕寺少卿，萬曆四十八年擢都察院右僉都御史，巡撫福建，不徵民間一錢，擒斬劇盜，抗擊倭寇侵擾，故離任之日，閩人爲之立祠。天啓五年再起爲兵部右侍郎，總督兩廣。翌年升兵部尚書，以母年老，請告歸養，里居十載。崇禎十年，起復都察院右僉都御史，掌院事。由于剛正不阿，屢違聖意而丟職歸里。家無長物，撰寫志傳自娱，有《國朝武機捷録》。祁世培：字海槎，張岱、陳洪綬之友。柱史：『柱下史』的省稱，指御史。余武貞：余煌，字武貞，會稽人。自幼好學，博覽群書，天啓五年狀元，授翰林院修撰，參修《三朝要典》。崇禎四年，以母喪歸。守喪結束，起用爲左中允，歷任左諭德、右庶子，充經筵講官。後父亡守喪，久不復用。陳襄範：萬曆二十五年進士出身。原籍廣東南海沙貝鄉。鱗集于此。過此，則孝廉黃元辰之池上軒、富春周中翰之芙蓉園，黃元辰、周中翰：生平無可考。比間皆是。今當兵燹之後，燹：野火。兵燹指兵亂中縱火焚燒。半椽不剩，瓦礫齊肩，蓬蒿滿目。李文叔作《洛陽名園記》，李文叔：李格非，北宋文學家。字文叔，山東濟南歷下人，女詞人李清照父。李清照《上樞密韓公詩二首》詩序中稱「父祖皆出韓公門下」，可知其父祖輩皆爲「蚤有盛名，識量英偉」的學士韓琦的門下士。幼時聰敏警俊，刻意于經學，著《禮記説》數十萬言。宋神宗熙寧九年中進士，初任冀州司户參軍、試學官，後爲鄆州教授。宋代有兼職兼薪製度，郡守見他清貧，欲讓他兼任其他官職，他斷然謝絶，表現了廉潔清正的風節。謂以名園之興廢，卜洛陽之盛衰；以洛陽之盛衰，卜天下之治亂。誠哉言也！余于甲午年偶涉于此，故宫離黍，荆棘銅駝，感慨悲傷，幾效桑苧翁之游苕溪，夜必慟哭而返。故宫離黍：典出《詩經·王風·黍離》，序云：「《黍離》，閔周宗也。周大夫行役至于周宗，過故宗廟宫室，盡爲禾黍，閔周室之顛覆，彷徨不忍去，而作是詩也。」此借以慨嘆亡國之悲情。荆棘銅駝：《晋書·索靖傳》：「知天下將亂，指洛陽宫門銅駝，嘆曰：『會見汝在荆棘中耳！』」後以宫門前銅駝被丢弃荆棘中喻亡國。桑苧翁：陸羽，字鴻漸；一名疾，字季疵，號竟陵子、桑苧翁、東岡子，又號「茶山御史」，唐復州竟陵人。以世界第一部茶學專著《茶經》聞名于世，對中國和世界茶學發展做出了卓越貢獻，被譽爲「茶仙」「茶聖」，祀爲「茶神」。他也很善于寫詩，但其詩作目前世上存留的并不多。

張傑《柳洲亭》詩：張傑：字子興，號平洲生，明正德年間人。

誰爲鴻濛鑿此陂，涌金門外即瑶池。平沙水月三千頃，畫舫笙歌十二時。

今古有詩難絶唱，乾坤無地可争奇。溶溶漾漾年年緑，銷盡黄金總不知。

王思任《問水亭》詩：

我來一清步，猶未拾寒烟。燈外兼星外，沙邊更檻邊。孤山供好月，高雁語空天。辛苦西湖水，人還即熟眠。

趙汝愚《豐樂樓》（柳梢青）詞：趙汝愚：字子直，饒州餘干人，宋代漢恭憲王趙元佐七世孫。

水月光中，烟霞影裏，涌出樓臺。空外笙簫，雲間笑語，人在蓬萊。　天香暗逐風回，正十里荷花盛開。買個小舟，山南游遍，山北歸來。

靈芝寺

靈芝寺，錢武肅王之故苑也。地産靈芝，捨以爲寺。至宋而規製寖宏，（寖：古同『浸』，逐漸。）高、孝兩朝四臨幸焉。内有浮碧軒、依光堂，爲新進士題名之所。元末毁，明永樂初僧竺源再造，萬曆二十二年重修。余幼時至其中看牡丹，幹高丈餘，而花蕊爛熳，開至數千餘朵，湖中誇爲盛事。寺畔有顯應觀，高宗以祀崔府君也（府君：舊時對神的敬稱。）。崔名子玉，唐貞觀間爲磁州滏陽令，（磁州：即今邯鄲市磁縣，位于河北省南端，南與河南以漳河爲界，西與山西以太行山爲碑石。）有异政，民生祠之，既卒爲神。高宗爲康王時，避金兵，走巨鹿，（巨鹿：即今河北巨鹿縣。）馬斃，冒雨獨行，路值三岐，莫知所往。忽有白馬在道，鞚馭乘之，（鞚：本謂帶嚼子的馬籠頭，這裏指駕馭。）馳至崔祠，馬忽不見。但見祠馬赭汗如雨，（赭汗：指駿馬流汗。）遂避宿祠中。夢神以杖擊地，促其行。趨出門，馬復在户，乘至斜橋，會耿南仲來迎，策馬過澗，見水即化。視之，乃崔府君祠中泥馬也。及即位，立祠報德，纍朝崇奉异常。六月六日是其生辰，游人闐塞。

張岱《靈芝寺》詩：

項羽曾悲騅不逝，活馬猶然如泥塑。（『項羽』句：《史記·項羽本紀》載，項羽兵敗垓下時有歌曰：『力拔山兮氣蓋世，時不利兮騅不逝。騅不逝兮可奈何，虞兮虞兮奈若何！』騅：青白雜色的馬。）焉有泥馬去如飛，等閑直至黄河渡。一堆龍骨蜕厓前，（『一堆』句：龍骨，實指馬骨。厓：古同『崖』。）迢遞芒碭迷雲路。（芒碭，即芒、碭二山。）煢煢一介走亡人，身陷柏人脱然過。（柏人：《史記·張耳陳餘列傳》：『漢八年，上從東垣還，過趙，貫高等乃壁人柏人，要之置厠。上過欲宿，心動，問曰：

「縣名爲何？」曰：「柏人。」「柏人者，迫于人也！」不宿而去。』

柏人即柏人縣，高祖宿處，壁人即于中空壁中預伏武士。漢高祖、宋高宗皆遇險得脱。

建炎尚是小朝廷，百靈亦復加呵護。

錢王祠

錢鏐，臨安石鑒鄉人，驍勇有謀略。壯而微，販鹽自活。唐僖宗時，平浙寇王仙芝，拒黃巢，滅董昌，積功自顯。唐僖宗：唐懿宗第五子，本名李儼，生于咸通三年五月八日。懿宗病重彌留之際，他在宦官的支持下被立爲皇太子，改名李儇，并于咸通十四年七月二十日在懿宗柩前即位。王仙芝：唐末農民起義領袖。濮州人。黃巢：曹州人，唐末農民起義的領袖人物。董昌：浙江臨安南莊人。唐末任義勝軍節度使，割據兩浙，後自稱大越羅平國皇帝。梁開平元年，開平：後梁太祖朱温年號。封鏐爲吳越王。有諷鏐拒梁命者，鏐笑曰：『吾豈失一孫仲謀耶？』孫仲謀：孫權，字仲謀，吳郡富春人。幼年跟隨兄長孫策平定江東，孫策英年早逝，孫權繼位爲江東之主，他任賢用能，挽救了江東危局，保住了父兄基業。建安十三年，孫權與劉備聯盟，大敗曹操于赤壁，天下三分局面初步形成。建安二十四年孫權偷襲劉備的荆州成功，使吳國的領土面積大大增加。章武二年，孫權稱吳王，建興七年稱帝，正式建立吳國。遂受之。改其鄉爲臨安縣，軍爲錦衣軍。是年，省塋壟，延故老，旌鉞鼓吹，振耀山谷。自昔游釣之所，盡蒙以錦繡，或樹石至有封官爵者，舊貿鹽擔，亦裁錦韜之。一鄰媪九十餘，携壺泉迎于道左，鏐下車亟拜。媪撫其背，以小字呼之曰：『錢婆留，喜汝長成。』蓋初生時，光怪滿室，父懼，將沉于了溪，此媪苦留之，遂字焉。爲牛酒，大陳以飲鄉人；别張蜀錦爲廣幄，以飲鄉婦。年上八十者飲金爵，百歲者飲玉爵。鏐起勸酒，自唱還鄉歌以娱賓，曰：『玉節還鄉兮挂錦衣，玉節：玉製的符節。古代天子、王侯的使者持以爲憑。父老遠近來相隨。斗牛光起天無欺，吳越一王駟馬歸。』時將築宫殿，望氣者言：『因故府大之，不過百年；填西湖之半，可得千年。』武肅笑曰：『焉有千年而其中不出真主者乎？奈何困吾民爲！』

遂弗改造。宋熙寧間，熙寧：宋神宗趙頊年號。蘇子瞻守郡，請以龍山廢祠妙音院者，改爲表忠觀以祀之。今廢。明嘉靖三十九年，督撫胡宗憲建祠于靈芝寺址，塑三世五王像，胡宗憲：字汝貞，號梅林，徽州績溪（今屬安徽）人，明朝抗倭名將。萬曆十七年，御賜歸葬故里天馬山，謚號襄懋。三世五王：吴越國歷三代，共五王，分别爲錢鏐、錢元瓘、錢弘佐、錢弘倧、錢弘俶。春秋致祭，令其十九世孫德洪者守之。德洪：即錢德洪，名寬，號緒山，浙江餘姚人。明朝哲學家、思想家、教育家。嘉靖十一年進士。著有《緒山會語》《平濠記》《王陽明先生年譜》等。郡守陳柯重鎸《表忠觀碑記》于祠。

蘇軾《表忠觀碑記》：

熙寧十年十月戊子，資政殿大學士、右諫議大夫、知杭州軍事臣抃言：『故越國王錢氏墳廟，及其父、祖、妃、夫人、子孫之墳，在錢塘者二十有六，在臨安者十有一，皆蕪穢不治，父老過之，有流涕者。謹按：故武肅王鏐，始以鄉兵破走黄巢，名聞江淮。復以八都兵討劉漢宏，都：唐、五代宋初軍隊編製單位，以百人或千人爲都。劉漢宏：山東兖州人，唐末義勝軍節度使，割據軍閥。并越州以奉董昌，而自居于杭。及昌以越叛，則誅昌而并越，盡有浙東西之地，傳其子文穆王元瓘。至其孫忠獻王仁佐，遂破李景兵而取福州。李景：五代十國時南唐皇帝，字伯玉，原名李景通，徐州人，南唐烈祖李昪長子。而仁佐之弟忠懿王俶又大出兵攻景，以迎周世宗之師，周世宗：柴榮，五代時後周皇帝。邢州堯山柴家莊人，父柴守禮，祖父柴翁是當地望族，柴榮年輕時曾隨商人頡跌氏在江陵販茶，對社會積弊有所體驗。史載其「器貌英奇，善騎射，略通書史黄老，性沉重寡言」，他是周太祖郭威的養子（柴榮本身是郭威的内侄）。廟號世宗，謚號睿武孝文皇帝。其後，卒以國入覲。三世四王，與五代相爲終始。天下大亂，豪杰蜂起，方是時，以數州之地盗名字者不可勝數，盗名字者：指僭越稱王者。既覆其族，延及于無辜之民，罔有孑遺。而吴越地方千里，帶甲十萬，鑄山煮海，鑄山煮海：《嘉慶廣陵事略》：「郡國諸侯各務自拊循其民，吴有豫章郡銅山，濞招致天下亡命者益鑄錢，煮海水爲鹽，以故無賦，國用富饒。」象犀珠玉之富甲于天下，然終不失臣節，貢獻相望于道。是以其民至于老死不識兵革，四時嬉游，歌舞之聲相聞，至于今不廢。其有德于斯民甚厚。皇帝受命，四方僭亂，以次削平。西蜀江南，西蜀：即後蜀。江南：指南唐。負其險遠，兵至城下，力屈勢窮，然後束手。而河東劉氏百戰守死，河東劉氏：指北漢世祖劉崇，原名崇彦，後改爲崇，并州晋陽人，即帝位後改名劉旻，是後漢高祖劉知遠的弟弟。以抗王師，積骸爲城，灑血爲池，竭天下之力，僅乃克之。獨吴越不待告命，封府庫，籍郡縣，請吏于朝，視去國如傳舍，其有功于朝廷甚大。昔竇融以河西歸漢，竇融：東漢初大將。字周公。扶風平陵人。新莽末曾從王匡鎮壓緑林、赤眉，拜波水將軍。後歸劉玄，爲張掖屬國都尉。劉玄敗，被推行河西五郡大將軍事。光武即位，遂决策歸漢，授凉州牧，從破隗囂，封安豐侯，歷大司空、將作大將，行衛尉事。光武詔右扶風修其父祖墳塋，右扶風：官名。漢太初元年更名主爵都尉爲右扶風。祀以太牢。今錢氏功德殆過于融，而未及百年，墳廟不治，行道傷嗟，甚非所以勸奬忠臣、慰答民心之義也。臣願以龍山廢佛寺曰妙音院者爲觀，使錢氏之孫爲道士曰自然者居之。凡墳廟之在錢塘者，以付自然。其在臨安者，以付其縣之净土寺僧曰道微，歲各度其徒一人，度：剃度。使世掌之。籍其地之所入，以時修其祠宇，封植其草木。有不治者，縣令丞察之，甚者易其人，庶幾永終不墮，以稱朝廷待錢氏之意。臣抃昧死以聞。』

製曰：可。其妙音院賜改名表忠觀。

銘曰：天目之山，苕水出焉。龍飛鳳舞，萃于臨安。『天目』四句：《西湖游覽志餘·帝王都會》：『舊傳讖記有云「天目山垂兩乳長，龍飛鳳舞到錢塘。海門一點巽峰起，五百年間出帝王。」或云晋郭璞作。錢氏有國時，不欲其語聞之中國，更其末句云

「异姓王」，蘇子瞻作《表忠觀碑》特表其事，首曰「天目之山，苕水出焉。龍飛鳳舞，萃于臨安。」蓋全用讖語也。』篤生异人，絶類離群。奮梃大呼，從者如雲。仰天誓江，月星晦蒙。强弩射潮，强弩射潮：據《宋史・河渠志》記載，錢武肅王築海塘，潮水洶涌，晝夜直衝，遂命弓弩手數百名以射海潮。江海爲東。殺宏誅昌，奄有吴越。金券玉册，虎符龍節。金券：鐵券的美稱。帝王賜給大臣的信物。玉册：傳説中天子受命的符瑞。《晋書・元帝紀》：『于時有玉册見于臨安，白玉麒麟神璽出于江寧，其文曰「長壽萬年」，日有重暈，皆以爲中興之象焉。』虎符：古代軍中印信。銅質虎形，左右兩半，朝廷存右半，統帥持左半，作調動軍隊時用。龍節：泛指奉王命出使者所持之節。大城其居，包絡山川。左江右湖，控引島蠻。歲時歸休，以燕父老。曄如神人，玉帶毬馬。玉帶毬馬：《新五代史・吴越世家》：『梁太祖嘗問吴越進奏吏曰：「錢鏐平生有所好乎？」吏曰：「好玉帶、名馬。」太祖笑曰：「真英雄也。」乃以玉帶一匣、打毬御馬十匹賜之。』四十一年，寅畏小心。寅畏：敬畏，恭敬戒懼。《書・無逸》：『嚴恭寅畏，天命自度。』厥篚相望，大貝南金。五胡昏亂，罔堪托國。三王相承，以符有德。既獲所歸，弗謀弗咨。先王之志，我維行之。天祚忠孝，世有爵邑。允文允武，子孫千億。帝謂守臣，治其祠墳。毋俾樵牧，愧其後昆。龍山之陽，巋焉斯宫。匪私于錢，惟以勸忠。非忠無君，非孝無親。凡百有位，視此刻文。

張岱《錢王祠》詩：

扼定東南十四州，五王并不事兜鍪。英雄毬馬朝天子，帶礪山河擁冕旒。帶礪山河：帶：衣帶；礪：磨刀石；山：泰山；河：黄河。黄河細得像條衣帶，泰山小得像塊磨刀石。比喻時間久遠，任何動蕩也決不變心。語出《史記・高祖功臣侯者年表》：『封爵之誓曰：「使河如帶，泰山若礪，國以永寧，爰及苗裔。」』旒：古代帝王禮帽前後懸垂的玉串。

大樹千株被錦紱，錢塘萬弩射潮頭。五胡紛擾中華地，歌舞西湖近百秋。

又《錢王祠柱銘》：

力能分土，提鄉兵殺宏誅昌，一十四州，雞犬桑麻，撑住東南半壁；志在順天，求真主迎周歸宋，九十八年，象犀筐篚，混同吴越一家。

净慈寺

净慈寺，周顯德元年錢王俶建，顯德：後周太祖郭威年號。號慧日永明院，迎衢州道潛禪師居之。潛嘗欲向王求金鑄十八阿羅漢，阿羅漢：梵語的音譯，即得道者、聖者。小乘佛教理想中的最高果位，佛果；對斷絶了一切嗜好情欲、解脱了煩惱，受人崇拜敬仰的聖人的一種稱呼。又叫『羅漢』。未白也。王忽夜夢十八巨人隨行。翌日，道潛以請，王异而許之，始作羅漢堂。宋建隆初，建隆：北宋太祖趙匡胤年號。禪師延壽以佛祖大意，延壽：唐末五代十國時僧人。中國佛教净土宗的六祖，被譽爲『古佛再來』。經綸正宗，撰《宗鏡録》一百卷，遂作宗鏡堂。熙寧中，郡守陳襄延僧宗本居之。陳襄：北宋理學家、『海濱四先生』之首，仁宗、神宗時期名臣。字述古，因居古靈，故號古靈先生，與鄭穆、陳烈、周希孟并稱『古靈四先生』，侯官人。進士及第，歷官樞密院直學士，知通進銀台司，提舉進奏院，後又兼侍讀，提舉司天監，兼尚書都省事等。其人公正廉明，識人善薦，著有《古靈集》二十五卷傳世。歲旱，湖水盡涸。寺西隅甘泉出，有金色鰻魚游焉，因鑿井，寺僧千餘人飲之不竭，名曰圓照井。南渡時，毁而復建，僧道容鳩工五歲始成。塑五百阿羅漢，以田字殿貯之。紹興九年，改賜净慈報恩光化寺額。復毁。孝宗時，孝宗：宋孝宗趙昚，初名伯琮，後改名瑗，旋賜名瑋，字元永。宋朝第十一位皇帝。一僧募緣修殿，日饜酒肉而返，寺僧問其所募錢幾何，曰：『盡飽腹中矣。』募化三年，簿上布施金錢，一一開載明白。一日，大喊街頭曰：『吾造殿矣。』復置酒肴，大醉市中，揠喉大嘔，撒地皆成黄金，衆緣自是畢集，而寺遂落成。僧名濟顛。濟顛：宋釋道濟的綽號。即濟公和尚，原名李修元，南宋高僧，天台縣永寧村人，剃度于杭州靈隱寺。爲便度世，佯狂雲游，故人稱濟顛。識者曰：『是即永明後身也。』嘉泰間嘉泰：宋寧宗年號。復毁，再建于嘉定三年。寺故閎大，甲于湖山。翰林程珌記之，程珌：字懷古，號洺水遺民，休寧（今屬安徽）人。光宗紹熙四年進士。有『濕紅映地，飛翠侵霄，檐轉鸞翎，階排雁齒。星垂珠網，寶殿洞乎琉璃；日耀璿題，璿題：亦作『琁題』。玉飾的椽頭。《文選·揚雄〈甘泉賦〉》：『珍臺閑館，琁題玉英。』李善注引應劭曰：『題，頭也。榱椽之頭，皆以玉飾，言其英華相燭也。』金椽聳乎玳瑁』之語。時宰官建議，以京輔佛寺推次甲乙，尊表五山，尊表五山：據《西湖游覽志餘》載：『嘉定間，品第江南諸寺，以餘杭徑山寺，錢塘靈隱寺、净慈寺，寧波天童寺、育王寺爲禪院五山。』爲諸刹綱領，而净慈與焉。先是，寺僧艱汲，擔水湖濱。紹定四年，紹定：宋理宗年號。僧法薰以錫杖扣殿前地，出泉二派，甃爲雙井，甃：古同『鍬』，此用作動詞，謂用鍬挖掘。水得無缺。淳祐十年，建千佛閣，理宗書『華嚴法界正偏知閣』八字賜之。元季，湖寺盡毁，而茲寺獨存。明洪武間毁，僧法净重建。正統間復毁，僧宗妙復建。萬曆二十年，司禮監孫隆重修，鑄鐵鼎，葺鐘樓，構井亭，架棹楔。棹楔：亦作『綽削』『綽屑』。古時樹于正門兩旁，用以表彰孝義的木柱。永樂間，建文帝隱遁于此，建文帝：明惠帝朱允炆，在位年號『建文』，靖難之變後下落不明。寺中有其遺像，狀貌魁偉，迥异常人。

袁宏道《蓮花洞小記》：

蓮花洞之前爲居然亭。亭軒豁可望，每一登覽，則湖光獻碧，鬚眉形影，如落鏡中。六橋楊柳，一路牽風引浪，蕭疏可愛。晴雨烟月，風景互异，净慈之絶勝處也。洞石玲瓏若生，巧逾雕鏤。余常謂吴山南屏一派皆石骨土膚，中空四達，愈搜愈出。近若宋氏園亭，皆搜得者。又紫陽宫石，爲孫内使搜出者甚多。噫，安得五丁神將，挽錢塘江水，將塵泥洗盡，出其奇奥，當何如哉！

王思任《净慈寺》詩：

净寺何年出，西湖長翠微。佛雄香較細，雲飽綠交肥。

岩竹支僧閣，泉花蹴客衣。酒家蓮葉上，『酒家』句：據《西湖游覽志》載，明朝初年，净慈寺僧人廣衍在湖濱建藕花居，到明末時改建爲酒肆。鷗鷺往來飛。

小蓬萊

小蓬萊在雷峰塔右，宋内侍甘昪園也。甘昪：當爲甘昇，内侍省押班澤之子。澤之死，昇纍遷亦至押班。奇峰如雲，古木蓊蔚，理宗常臨幸。有御愛松，蓋數百年物也。自古稱爲小蓬萊。石上有宋刻『青雲岩』『鰲峰』等字。今爲黄貞父先生讀書之地，黄貞父：黄汝亨，字貞父，錢塘人，裳子。明萬曆二十六年進士，官至江西布政司參議，有《天目記游》《廉吏傳》《古秦議》《寓林集》《寓庸子游記》等。改名『寓林』，題其石爲『奔雲』。奔雲：張岱《陶庵夢憶》有《奔雲石》。余謂『奔雲』得其情，未得其理。石如滇茶一朵，風雨落之，半入泥土，花瓣棱棱，三四層摺。人走其中，如蝶入花心，無鬚不綴。色黝黑如英石，而苔蘚之古，如商彜周鼎入土千年，青緑徹骨也。貞父先生爲文章宗匠，門人數百人。一時知名士，無不出其門下者。余幼時從大父訪先生。先生面黧黑，多髭須，髭：嘴唇上邊的鬍子。毛頰，河目海口，眉棱鼻梁，張口多笑。交際酬酢，酬酢：賓主互相敬酒。八面應之。耳聆客言，目睹來牘，手書回札，口囑傒奴，雜遝于前，未嘗少錯。客至，無貴賤，便肉、便飯食之，夜即與同榻。余一書記往，頗穢惡，先生寢食之無异也。天啓丙寅，余至寓林，亭榭傾圮，堂中窀先生遺蜕，不勝人琴之感。窀：墓穴；厚葬。『不勝』句：《世説新語·傷逝》：『王子猷、子敬俱病篤，而子敬先亡。子猷問左右：「何以都不聞消息，此已喪矣。」語時了不悲，便索輿來奔喪，都不哭。子敬素好琴，便徑入坐靈床上，取子敬琴彈。弦既不調，擲地云：「子敬，子敬，人琴俱亡！」因慟絶良久，月餘亦卒。』今當丁酉，再至其地，墻圍俱倒，竟成瓦礫之場。余欲築室于此，以爲東坡先生專祠，往鬻其地，而主人不肯。但林木俱無，苔蘚盡剥。『奔雲』一石，亦殘缺失次，十去其五。數年之後，必鞠爲茂草，鞠爲茂草：《詩·小雅·小弁》：『踧踧周道，鞫爲茂草。』鞫，古通『鞠』，謂窮盡。蕩爲冷烟矣。菊水桃源，菊水：水名。在今河南省内鄉縣。傳説飲其水可長壽。北魏酈道元《水經注·湍水》：『湍水之南，菊水注之。水出西北石澗山芳菊溪，亦言出析谷，蓋溪澗之异名也。源旁悉生菊草，潭澗滋液，極成甘美。云此谷之水土，餐挹長年。』桃源：指陶淵明《桃花源記》所描寫的世外勝景。付之一想。

張岱《小蓬萊奔雲石》詩：

滇茶初著花，忽爲風雨落。簇簇起波棱，層層界輪廓。
如蝶綴花心，步步堪咀嚼。薜蘿雜松楸，陰翳罩輕幕。薜蘿：薜荔和女蘿。兩者皆野生植物，常攀緣于山野林木或屋壁之上。《楚辭·九歌·山鬼》：『若有人兮山之阿，被薜荔兮帶女蘿。』王逸注：『女蘿，兔絲也。言山鬼彷彿若人，見于山之阿，被薜荔之衣，以兔絲爲帶也。』後借以指隱者或高士的衣服。松楸：松樹與楸樹。墓地多植，因以代稱墳墓。
色同黑漆古，苔斑解竹籜。竹籜：笋殼。土繡鼎彝文，翡翠兼丹臒。
雕琢真鬼工，仍然歸渾樸。須得十年許，解衣恣盤礴。
况遇主人賢，胸中有丘壑。此石是寒山，吾語爾能諾。

雷峰塔

雷峰者，南屏山之支麓也。穹窿回映，舊名中峰，亦名回峰。宋有雷就者居之，故名雷峰。吴越王于此建塔，始以十三級爲準，擬高千尺。後財力不敷，止建七級。古稱王妃塔。元末失火，僅存塔心。雷峰夕照，遂爲西湖十景之一。曾見李長蘅題畫有云：『吾友聞子將嘗言：「湖上兩浮屠，保俶如美人，雷峰如老衲。」聞子將：聞啓祥，字子將，明代錢塘人。予極賞之。辛亥在小築，與沈方回池上看荷花，輒作一詩，中有句云，「雷峰倚天如醉翁」。嚴印持見之，嚴印持：即嚴調御，字印持，餘杭人。躍然曰：「子將老衲不如子醉翁，尤得其情態也。」蓋余在湖上山樓，朝夕與雷峰相對，而暮山紫氣，此翁頹然其間，尤爲醉心。然予詩落句云：「此翁情淡如烟水。」則未嘗不以子將老衲之言爲宗耳。癸丑十月醉後題。』

林逋《雷峰》詩：

中峰一徑分，盤折上幽雲。夕照前林見，秋濤隔岸聞。

長松標古翠，疏竹動微薰。自愛蘇門嘯，懷賢事不群。蘇門嘯：《世説新語·栖逸》：『阮步兵（阮籍）嘯聞數百步。蘇門山中，忽有真人，樵伐者咸共傳説。阮籍往觀，見其人擁膝岩側，籍登嶺就之，箕踞相對。籍商略終古，上陳黄、農玄寂之道，下考三代盛德之美，以問之，仡然不應。復叙有爲之教、栖神導氣之術以觀之，彼猶如前，凝矚不轉。籍因對之長嘯。良久，乃笑曰：「可更作。」籍復嘯。意盡，退還半嶺許，聞上啮然有聲，如數部鼓吹，林谷傳響，顧看，乃向人嘯也。』

張岱《雷峰塔》詩：

聞子狀雷峰，老僧挂偏裻。偏裻：即偏衣。裻，衣背縫。以衣背縫爲界，衣服兩半的顔色不同。日日看西湖，一生看不足。時有薰風至，西湖是酒床。醉翁潦倒立，一口吸西江。慘澹一雷峰，如何擅夕照。遍體是烟霞，掀髯復長嘯。怪石集南屏，寓林爲其窟。豈是米襄陽，端嚴具袍笏。米襄陽：北宋畫家米芾。袍笏：古代官員上朝時穿的官服和手拿的笏板。

包衙莊

包衙莊：本篇選自作者《陶庵夢憶》，原名《包涵所》。包涵所，即包應登，字涵所，錢塘人。明朝萬曆年間進士。

西湖之船有樓，實包副使涵所創爲之。大小三號：頭號置歌筵，儲歌童；次載書畫；再次侍美人。侍：積儲；儲備。涵老以聲伎非侍妾比，仿石季倫、宋子京家法，石季倫：石崇，字季倫，小名齊奴，西晉青州人。有《王明君辭》《思歸引》《楚妃嘆》《金穀詩序》。宋子京：宋祁，北宋文學家。字子京，安州安陸人，後徙居開封雍丘。天聖二年進士，官翰林學士、史館修撰。與歐陽修等合修《新唐書》，書成，進工部尚書，拜翰林學士承旨。卒謚景文，與兄宋庠并有文名，時稱『二宋』。詩詞語言工麗，因《玉樓春》詞中有『紅杏枝頭春意鬧』句，世稱『紅杏尚書』。都令見客。常靚妝走馬，媻姍勃窣，媻姍：猶蹣跚。行走艱難貌。勃窣：亦作『勃崒』。或匍匐而行；跛行。《文選·司馬相如〈子虛賦〉》：『于是乃相與獠于蕙圃，媻珊勃窣上金堤。』李善注引韋昭曰：『媻跚勃窣，匍匐上也。』穿柳過之，以爲笑樂。明檻綺疏，綺疏：亦作『綺疏』。指雕刻成空心花紋的窗户。曼謳其下，擫籥彈箏，擫：古同『擪』，（用手指）按壓。籥：古同『龠』，古代樂器，像笛。聲如鶯試。客至，則歌童演劇，隊舞鼓吹，無不絕倫。乘興一出，住必浹旬，觀者相逐，問其所之。南園在雷峰塔下，北園在飛來峰下。兩地皆石藪，積牒磊砢，磊砢：亦作『磊坷』『磥砢』。衆多委積貌。《文選·司馬相如〈上林賦〉》：『蜀石黄碝，水玉磊砢。』郭璞注：『磊砢，魁礨貌也。』呂向注：『磊砢，相委積貌。』一本作『磊珂』。無非奇峭。但亦借作溪澗橋梁，不于山上叠山，大有文理。大廳以拱斗抬梁，偷其中間四柱，隊舞獅子甚暢。北園作八卦房，園亭如規，分作八格，形如扇面。當其狹處，横亘一床，帳前後開合，下裏帳則床向外，下外帳則床向内。涵老居其中，扃上開明窗，扃：本義爲從外面關門的門閂。此指門户。焚香倚枕，則八床面面皆出。窮奢極欲，老于西湖者二十年。金谷、郿塢，金谷：指西晉石崇所築的金谷園。

郿塢：東漢初平三年，董卓築塢于郿，高厚七丈，與長安城相埒，號曰萬歲塢，世稱『郿塢』。塢中廣聚珍寶，積穀爲三十年儲。自云：『事成，雄據天下；不成，守此足以終老。』後卓敗，塢毀。

西湖大家何所不有，西子有時亦貯金屋。貯金屋：《漢武故事》：『帝以乙酉年七月七日生于猗蘭殿。年四歲，立爲膠東王。數歲，長公主嫖抱置膝上，問曰：「兒欲得婦不？」膠東王曰：「欲得婦。」長主指左右長御百餘人，皆云不用。末指其女問曰：「阿嬌好不？」于是乃笑對曰：「好！若得阿嬌作婦，當作金屋貯之也。」』原指漢武帝要用金屋接納阿嬌作婦，後常用以形容娶妻或納妾。著一毫寒儉不得，索性繁華到底，亦杭州人所謂『左右是左右』也。咄咄書空，咄咄書空：《晉書·殷浩傳》載，殷浩被黜放，雖口無怨言，但終日書空作『咄咄怪事』四字。後以『咄咄書空』形容失志、懊恨之態。則窮措大耳。

陳函輝《南屏包莊》詩：陳函輝：原名煒，字木叔，號小寒山子，別號寒椒道人，浙江臨海人。崇禎七年進士，補靖江縣令。明亡後從事反清事業，事敗，自縊而死。清乾隆間，賜謚『忠節』。著有《陳寒山文集》《寒香集》《腐史》等。曾輯《靖江縣志》、崇禎《台州府志》等。

獨創樓船水上行，一天夜氣識金銀。『一天』句：此暗指包涵所之富庶。歌喉裂石驚魚鳥，燈火分光入藻蘋。

瀟灑西園出聲妓，西園：在河北省臨漳縣鄴縣舊治北，傳爲曹操所建。曹植《公宴詩》：『清夜游西園，飛蓋相追隨。』豪華金谷集文人。『豪華』句：西晉石崇曾邀請衆多文人騷客在金谷園飲酒作詩。自來寂寞皆唐突，雖是逋仙亦恨貧。

南高峰

南高峰在南北諸山之界，羊腸佶屈，松篁葱蒨，葱蒨：草木青翠茂盛貌。非芒鞋布襪，努策支笻，笻：古書上説的一種竹子，可以做手杖。不可陟也。塔居峰頂，晋天福間建，崇寧、乾道兩度重修。崇寧：宋徽宗年號。乾道：宋孝宗年號。元季毁。舊七級，今存三級。塔中四望，則東瞰平蕪，烟銷日出，盡湖中之景。南俯大江，波濤洄洑，洄洑：亦作『洄澓』。湍急回旋的流水。舟楫隱見杳靄間。西接岩竇，怪石翔舞，洞穴邃密。邃密：幽深。晋干寶《搜神記》卷七：『武庫者，帝王威御之器所寶藏也。屋宇邃密，非龍所處。』其側有瑞應像，巧若鬼工。北矚陵阜，陂陁蔓延，陂陁：亦作『陂陁』『陂陀』，階陛。《楚辭·招魂》：『文异豹飾，侍陂陀些。』王逸注：『陂陁，長陛也。』箭櫪叢出，麰麥連雲。麰麥：大麥。《孟子·告子上》：『今夫麰麥，播種而耰之，其地同，樹之時又同，浡然而生，至于日至之時，皆孰矣。』趙岐注：『麰麥，大麥也。』亦泛指麥。山椒巨石屹如峨冠者，名先照壇，相傳道者鎮魔處。峰頂有鉢盂潭、潁川泉，大旱不涸，大雨不盈。潭側有白龍洞。

道隱《南高峰》詩：

南北高峰兩鬱葱，朝朝滃浡海烟封。極顛螺髻飛雲棧，半嶺峨冠怪石供。
三級浮屠巢老鶻，一泓清水豢痴龍。倘思濟勝煩携具，布襪芒鞋策短笻。

烟霞石屋

由太子灣南折而上爲石屋嶺。太子灣：明《杭州府志》：『太子灣在九曜山西南，以宋莊文、景獻二太子攢園而名。』石屋嶺：明《杭州府志》：『石屋嶺在縣西北十二里，一名闌干嶺，吴越王妃戴氏家于琅壁，歲一過此，設石闌以衛。』過嶺爲大仁禪寺，大仁禪寺：即大仁寺，據南宋《嘉定赤城志》和民國《臨海縣志》記載，大仁寺始建于唐景福二年，原寺名爲安仁院。寺左爲烟霞石屋。屋高廠虚明，行迤二丈六尺，狀如軒榭，可布几筵。洞上周鎸羅漢五百十六身。其底邃窄通幽，陰翳杳靄。側有蝙蝠洞，蝙蝠大者如鴉，挂搭連牽，互銜其尾。糞作奇臭，古廟高梁，多受其纍，會稽禹廟亦然。由山椒右旋爲新庵，王予安亹、陳章侯洪綬嘗讀書其中。余往訪之，見石如飛來峰，初經洗出，潔不去膚，雋不傷骨，一洗楊髡鑿佛之慘。峭壁奇峰，忽露生面，爲之大快。建炎間，里人避兵其内，數千人皆獲免。嶺下有水樂洞，嘉泰間爲楊郡王别圃。楊郡王：楊存中，本名沂中，字正甫，代州崞縣人。壘石築亭，結構精雅。年久蕪穢不治，水樂絶響。賈秋壑以厚直得之，命寺僧深求水樂所以興廢者，不得其説。一日，秋壑往游，俯睨旁聽，悠然有會，曰：『谷虚而後能應，水激而後能響，今水瀦其中，土壅其外，欲其發響，得乎？』瀦：水積聚。壅：堵塞。亟命疏壅導瀦，有聲從洞澗出，節奏自然。二百年勝概，一日始復。乃築亭，以所得東坡真迹刻置其上。

蘇軾《水樂洞小記》：

錢塘東南有水樂洞，泉流岩中，皆自然宫商。又自靈隱、下天竺而上，至上天竺，溪行兩山間，巨石磊磊如牛羊，其聲空礱然，真若鐘鼓，乃知莊生所謂天籟，蓋無在不有也。

袁宏道《烟霞洞小記》：

烟霞洞亦古亦幽，凉沁入骨，乳汁涔涔下。涔涔：泪、血、汗等液體不斷流出或滲出貌。石屋虚明開朗，如一片雲，欹側而立，又如軒榭，可布几筵。余凡兩過石屋，爲傭奴所據，嘈雜若市，俱不得意而歸。

張京元《石屋小記》：

石屋寺，寺卑下無可觀。岩下石龕，方廣十笏，遂以屋稱。屋内好事者置一石榻，可坐。四旁刻石像如傀儡，殊不雅馴。想以幽僻得名耳。出石屋西，上下山坂夾道皆叢桂，秋時着花，香聞數十里，堪稱金粟世界。

又《烟霞寺小記》：

烟霞寺在山上，亦荒落，係中貴孫隆易創，頗新整。殿后開宕取土，石骨盡出，巉峭可觀。巉峭：險峻陡峭。《新唐書》卷二百二十一下：『有鐵門山，左右巉峭，石色如鐵。』由殿右稍上兩三盤，經象鼻峰東折數十武，爲烟霞洞。洞外小亭踞之，望錢塘如帶。

李流芳《題烟霞春洞畫》：

從烟霞寺山門下眺，林壑窈窕，非復人境。李花時尤奇，真瓊林瑶島也。猶記與閑孟、無際閑孟：鄭允驥，字閑孟，與李流芳并稱『李鄭』。無際：汪明際，字無際，號雷庵，嘉定人。少孤力學，事母以孝聞。精易學，旁及詩、畫。歷工部員外，以同官誤工，拜杖而卒。善畫山水，蒼凉利落，筆致秀逸。自法相寺至烟霞洞，小憩亭子，渴甚，無從得酒。見兩傖父携榼至，傖父：南北朝時，南人譏北人粗鄙，蔑稱之爲『傖父』。後用以泛指粗俗、鄙賤之人，猶言村夫。榼：古代盛酒的器具。閑孟口流涎，遽從乞飲，傖父不顧。予輩大怪，偶見梁間惡詩書一板上，乃抉而擲之。傖父蹌踉而走。念此輒噴飯不已也。

高麗寺

高麗寺本名慧因寺，後唐天成二年天成：五代後唐明宗李嗣源年號。吴越錢武肅王建也。宋元豐八年，元豐：宋神宗趙頊年號。高麗國王子僧統義天入貢，僧統義天：王氏高麗國文宗仁孝王第四子。辭榮出家。封祐世僧統。元祐初入中國問道。至四明郡，以明智慧照館接之。因請净源法師學賢首教。賢首教：即華嚴宗，又稱賢首宗、法界宗、圓明具德宗。本宗依《大方廣佛華嚴經》立法界緣起、事事無礙的妙旨，以隋代杜順和尚爲初祖。因宗依《華嚴經》立名，故稱華嚴宗。元祐二年，以金書漢譯《華嚴經》三百部入寺，施金建華嚴大閣，藏塔以尊崇之。元祐四年，統義天以祭奠净源爲名，兼進金塔二座。杭州刺史蘇軾疏言：『外夷不可使屢入中國，以疏邊防，金塔宜却弗受。』神宗從之。元延祐四年，延祐：元仁宗年號。高麗瀋王奉詔進香幡經于此。至正末毁。洪武初重葺。俗稱高麗寺。礎石精工，藏輪宏麗，藏輪：即輪藏，能旋轉的藏置佛經的書架。田汝成《西湖游覽志餘·方外玄踪一》：『乃就山中建大層龕，一柱八面，實以諸經，運行不礙，謂之輪藏。』兩山所無。萬曆間，僧如通重修。余少時從先宜人至寺燒香，宜人：封建時代婦女因丈夫或子孫而得的一種封號。宋代政和年間始有此製。文官自朝奉大夫以上至朝議大夫，其母或妻封宜人；武官官階相當者同。元代七品官妻、母封宜人，明清五品官妻、母封宜人。先宜人：指作者之亡母。出錢三百，命輿人推轉輪藏，輪轉呀呀，如鼓吹初作。後旋轉熟滑，藏輪如飛，推者莫及。

法相寺

法相寺俗稱長耳寺。後唐時，有僧法真，有异相，耳長九寸，上過于頂，下可結頤，號長耳和尚。天成二年，自天台國清寒岩來游，錢武肅王待以賓禮，居法相院。至乾祐四年正月六日，乾祐：宋朝并没有乾祐年號，疑當爲乾德。無疾，坐方丈，集徒衆，沐浴，趺跏而逝。趺跏：雙足交迭而坐。弟子輩漆其真身，供佛龕，謂是定光佛後身。婦女祈求子嗣者，懸幡設供無虛日。以此法相名著一時。寺後有錫杖泉，水盆活石。僧厨香潔，齋供精良。寺前茭白笋，其嫩如玉，其香如蘭，入口甘芳，天下無比。然須在新秋八月，餘時不能也。

袁宏道《法相寺拜長耳和尚肉身戲題》：

輪相居然足，漆光與鑒新。輪相：佛三十二相之一，謂佛足掌有千輻輪形印紋。神魂知也未，爪齒幻耶真。

古董休疑容，莊嚴不待人。鐃他金與石，到此亦成塵。

徐渭《法相寺看活石》：

蓮花不在水，分葉簇青山。徑折雖能入，峰迷不待還。

取蒲量石長，問竹到溪灣。莫怪掩斜日，明朝恐未閑。

張京元《法相寺小記》：

法相寺不甚麗，而香火駢集。定光禪師長耳遺蜕，婦人謁之，以爲宜男，争摩頂腹，漆光可鑒。寺右數十武，度小橋，折而上，爲錫杖泉。涓涓細流，雖大旱不竭。經流處，僧置一砂缸，挹注供爨。挹注：即挹彼注兹，省作『挹注』。謂將彼器的液體傾注于此器。久之，水土銹結，蒲生其上，厚幾數寸，竟不見缸質，因名蒲缸。倘可鏇置研池爐足，古董家不秦漢不道矣。

李流芳《題法相山亭畫》：

去年在法相，有送友人詩云：『十年法相松間寺，此日淹留却共君。忽忽送君無長物，半間亭子一溪雲。』時與方回、孟暘避暑竹閣，連夜風雨，泉聲轟轟不絶。又有題扇頭小景一詩：『夜半溪閣響，不知風雨歇。起視杳靄間，悠然見微月。』一時會心，不知作何語。今日展此，亦自可思也。壬子十月，大佛寺倚醉樓燈下題。

于墳

于墳，于少保公以再造功，于少保公：即于謙，字廷益，號節庵，官至少保，世稱于少保，明代名臣。永樂十九年進士。宣德初授御史，出按江西，遷兵部右侍郎，巡撫河南、山西。正統十四年召爲兵部左侍郎。土木之變，英宗被俘，郕王朱祁鈺監國，擢兵部尚書。于謙力排南遷之議，決策守京師，與諸大臣請郕王即位，爲明景泰帝。瓦剌兵逼京師，身自督戰，擊退之。論功加封少保，總督軍務，終迫也先遣使議和，使太上皇得歸。天順元年謙以『謀逆』罪被冤殺。弘治謚肅湣，萬曆改謚忠肅。有《于忠肅集》。于謙與岳飛、張煌言并稱『西湖三杰』。受冤身死，被刑之日，陰霾翳天，翳：遮蔽，障蔽。行路踴嘆。夫人流山海關，夢公曰：『吾形殊而魂不亂，獨目無光明，借汝眼光見形于皇帝。』翌日，夫人喪其明。會奉天門災，英廟臨視，英廟：指明英宗朱祁鎮，因葬于裕陵，後文以裕陵稱之。公形見火光中。上憫然念其忠，乃詔貸夫人歸。又夢公還眼光，目復明也。公遺骸，都督陳逵密囑瘞藏。繼子冕請葬錢塘祖塋，得旨奉葬于此。成化二年，廷議始白。上遣行人馬璇諭祭。行人：使者的通稱。馬璇：字季明，平湖人，天順八年進士。其詞略曰：『當國家之多難，保社稷以無虞；惟公道以自持，爲權奸之所害。先帝已知其枉，而朕心實憐其忠。』弘治七年，賜謚曰『肅愍』，建祠曰『旌功』。萬曆十八年，改謚『忠肅』。四十二年，御使楊鶴爲公增廓祠宇，廟貌巍煥，楊鶴：字修齡，武陵人。萬曆三十二年進士。纍官至兵部右侍郎，總督陝西三邊軍務。巍煥：盛大光明，高大輝煌。屬雲間陳繼儒作碑記之。碑曰：『大抵忠臣爲國，不惜死，亦不惜名。不惜死，然後有豪杰之敢；不惜名，然後有聖賢之悶。黄河之排山倒海，是其敢也；即能伏流地中萬三千里，又能千里一曲，是其悶也。昔者土木之變，裕陵北狩，北狩：皇帝被擄到北方去的婉詞。公痛哭抗疏，止南遷之議，召勤王之師。虜擁帝至大同，至宣府，至京城下，皆登城謝曰：「賴天地宗社之靈，國有君矣。」此一見《左傳》，楚人伏兵車，執宋公以伐宋。公子目夷令宋人應之曰：「賴社稷之靈，國已有君矣。」楚人知雖執宋公，猶不得宋國，于是釋宋公。又一見《廉頗傳》，秦王逼趙王會澠池。澠池：古城，一作黽池。因南有黽池得名。在今河南澠池縣西。廉頗送至境曰：「王行，度道里會遇禮畢還，不過三十日，不還，則請立太子爲王，以絶秦望。」又再見《王旦傳》，契丹犯邊，帝幸澶州。《王旦傳》：指《宋史·王旦傳》。王旦，北宋大臣。字子明，大名莘縣（今屬山東）人，王祐子。太宗太平興國五年進士。以著作郎預編《文苑英華》。真宗咸平時纍官同知樞密院事、參知政事，景德三年拜丞相，監修《兩朝國史》。澶州：今河南濮陽縣。旦曰：「十日之内，未有捷報，當何如？」帝默然良久，曰：「立皇太子。」三者公讀書得力處也。由前言之，公爲宋之目夷；由後言之，公不爲廉頗、王旦，何也？嗚呼！茂陵之立而復廢，茂陵：指明憲宗朱見深，或作成化帝，明英宗長子。初名見浚。土木之變，英宗被瓦剌擄去。景泰三年明代宗即位後，被廢爲沂王，天順元年英宗復辟，又被立爲皇太子，改名朱見深。憲宗于天順八年登基，初年爲于謙平冤昭雪，恢復景帝帝號，又能體諒民情，勵精圖治。在位末年，好方術，終日沉溺于後宫享樂，并寵信宦官汪直、梁芳等人，以至奸佞當權，西廠横恣，朝綱敗壞。成化二十三年，萬貴妃去世，八月，憲宗過于悲痛而駕崩。葬于北京昌平茂陵。廢而後當立，誰不知之？公之識，豈出王直、李侃、朱英下？王直：字行儉，江西泰和人，永樂甲申進士，選庶吉士，授修撰。李侃：字希正，東安人，正統七年進士，授户科給事中。朱英：字時杰，湖南省汝城縣外沙村人。正統十年進士。曾任浙江道監察御使、廣州布政司參議、陝西參政、福建右布政、陝西左布政等職。又豈出鍾同、章綸下？鍾同：字世京，江西吉安人，景泰二年進士，次年授御史。景泰三年，景泰帝廢太子朱見深，改立自己的兒子朱見濟爲太子。景泰四年，朱見濟死。鍾同上書請復朱見深太子位。不久，禮部郎中章綸復上書請。次年八月，大理少卿廖莊又上書請立朱見深。景泰帝命將鍾同、章綸下獄。鍾同被杖斃，章綸一直被監至英宗復位，始被釋放。章綸：字大經，樂清人。祖先原樂清北閣吴氏，後出繼南閣章氏，遂以章爲姓。明正統四年進士，官南京禮部主事，景泰中升任禮部議製郎中，因『性亢直，不能偕俗』，『好直言，不爲當事者所喜』，二十年不得升遷。成化十二年辭官回鄉。成化十三年，在家鄉南閣建祖先祠及學校，築藏書樓。成化十九年去世，享年七十一。追封南京禮部尚書，賜謚『恭毅』。明朝官府爲了表彰其德行，特樹立『會魁』『尚書』牌坊。著作有《章恭毅公集》《困志集》等。蓋公相時度勢，有不當言者，有不必言者。當裕陵在虜，茂陵在儲，拒父則衛輒，迎父則高宗，衛輒：據《史記·衛康叔世家》記載，衛靈公爲其寵姬召來宋國美男子公子朝，國人皆譏嘲不已，衛太子蒯聵引以爲羞，欲殺死寵姬，事敗而逃。衛靈公便傳位其孫蒯輒。高宗：指宋高宗趙構。當時宋徽宗和宋欽宗爲金人所俘虜，高宗偏安一隅，并没有真心誠意想迎回徽、欽二宗。戰不可，和不可，無一而可。爲製虜地，此不當言也。裕陵既返，見濟薨，見濟：朱見濟（懷獻太子），明代宗朱祁鈺獨子。郕王病，天人攸歸，非裕陵而誰？又非茂陵而誰？明率百官，朝請復辟，直以遵晦待時耳，此不必言也。若徐有貞、曹、石奪門之舉，徐有貞：初名珵，字元玉，號天全，吴縣人，祝允明外祖父。宣德八年進士，授翰林編修。因謀劃英宗復位，封武功伯兼華蓋殿大學士，掌文淵閣事。後誣告殺害于謙、王文等，獨攬大權。因與石亨、曹吉祥相惡，出任廣東參政。後爲石亨等誣陷，詔徙金齒爲民。亨敗，得放歸。成化初，復官無望，遂浪迹山水間。書法古雅雄健，山水清勁不凡，撰有《武功集》。曹，即曹吉祥，明代權宦，永平灤州人，曾隸屬于王振門下。一四五二年，參與分管京營，後來又與石亨等密謀幫助英宗復辟，并率兵迎立之，天順初年，提升爲司禮監掌印太監，總督三大營。一四六一年，曹吉祥父子謀反失敗，英宗下令把曹吉祥碎尸于市。石，即石亨，明渭南人。嗣父職，爲寬河衛指揮僉事，善騎射。正統中纍遷至都督同知。乃變局，非正局；乃劫局，非遲局；乃縱横家局，非社稷大臣局也。或曰：盍去諸？嗚呼！公何可去也。公在則裕陵安，而茂陵亦安。若公諍之，而公去之，則南宫之錮，不將燭影斧聲乎？燭影斧聲：也稱斧聲燭影，是指宋太祖趙匡胤暴死，宋太宗趙光義即位之間所發生的一個謎案。由于趙匡胤并没有按照傳統習慣將皇位傳給自己的兒子，而是傳給了弟弟趙光義，後世因此懷疑趙光義謀殺兄長篡位。東宫之廢後，不將宋之德昭乎？宋之德昭：趙德昭，字日新，宋太祖次子，趙德芳兄，先後被封爲魏王、武功郡王、燕王、吴王、越王。其十世孫爲宋理宗，十一世孫爲宋度宗，十二世孫爲宋末三幼主。公雖欲調郕王之兄弟，而實密護吾君之父子，乃知回鑾，公功；其他日得以復辟，公功也；復儲亦公功也。人能見所見，而不能見所不見。能見者，豪杰之敢；不能見者，聖賢之悶。敢于任死，而悶于暴君，公真古大臣之用心也哉！』公祠既盛，而四方之祈夢至者接踵，而答如響。

王思任《吊于忠肅祠》詩：

涕割西湖水，于墳望岳墳。孤烟埋碧血，太白黯妖氛。碧血：《莊子·外物》：『萇弘死于蜀，藏其血，三年而化爲碧。』後以『碧血』稱忠臣烈士所流之血。社稷留還我，頭顱擲與君。南城得意骨，何處暮楊聞。『南城』二句：指明英宗陰謀復辟之事。一派笙歌地，千秋寒食朝。白雲心浩浩，黄葉泪蕭蕭。天柱擎鴻社，人生付鹿蕉。鹿蕉：《列子·周穆王》：『鄭人有薪于野者，遇駭鹿，禦而擊之。恐人見之也，遽而藏諸隍中，覆之以蕉，不勝其喜。俄而遺其所藏之處，遂以爲夢焉。』北邙今古諱，幾突麗山椒。北邙：亦作北芒，即邙山，也叫郟山、北山。西起三門峽門，東止伊洛河岸。在今河南洛陽市東北。舊説此山是隴山之尾，乃衆山總名，連嶺修亘四百餘里。自東漢城陽王祉葬于此後，遂成三侯公卿葬地。後泛稱墓地。

張溥《吊于忠肅》詩：張溥：初字乾度，後字天如，號西銘。江蘇太倉人。崇禎進士，選庶吉士。自幼發奮讀書，明史上記有他『七録七焚』的佳話。與同鄉張采齊名，合稱『婁東二張』。張溥曾與郡中名士結爲復社，評議時政，是東林黨與閹黨鬥争的繼續。文學方面，推崇前後七子的理論，主張復古，『務爲有用』。一生著作宏豐，編述三千餘卷，涉及文、史、經學各個學科，精通詩詞，尤擅散文、時論。代表作有《五人墓碑記》。

栝柏風嚴辭月明，至今兩袖識書生。『至今』句：于謙有詩句云：『清風兩袖朝天去。』青山魂魄分夷夏，白日鬚眉見太平。一死錢塘潮尚怒，孤墳岳渚水同清。『一死』句：傳説伍子胥被吴王所殺後，尸體被投入浙江。莫言軟美人如土，夜夜天河望帝京。『莫言』句：《新唐書·李泌列傳》：『九齡與嚴挺之、蕭誠善，挺之惡誠佞，勸九齡謝絶之。九齡忽獨念曰：「嚴太苦勁，然蕭軟美可喜。」方命左右召蕭，泌在旁，率爾曰：「公起布衣，以直道至宰相，而喜軟美者乎？」九齡驚，改容謝之，因呼「小友」』。

張岱《于少保祠》詩：

平生有力濟危川，百二山河去復旋。百二山河：比喻山河險固之地。宗澤死心援北狩，李綱痛哭止南遷。宗澤：宋抗金名臣。字汝霖，浙江義烏人。剛直豪爽，沉毅知兵。進士出身，歷任縣、州文官，頗有政績。李綱：宋抗金名臣。字伯紀，號梁溪先生，江蘇無錫人。宋徽宗政和二年進士，歷官太常少卿、兵部侍郎、尚書右丞。靖康元年金兵侵開封時，任京城四壁守御使，團結軍民，擊退金兵。但不久即被投降派所排斥。宋高宗即位初，一度起用爲相，曾力圖革新内政，僅七十七天即遭罷免。紹興二年，復起用爲湖南宣撫使兼知潭州，不久，又罷。多次上疏，陳抗金大計，均未被採納。後抑鬱而死。澠池立子還無日，社稷呼君別有天。復辟南宮豈是奪，借公一死取貂蟬。貂蟬：漢代皇帝的侍從官員帽上的裝飾物，後借指達官貴人。

社稷存亡股掌中，反因罪案見精忠。以君孤注憂王旦，分我杯羹歸太公。『以君』句：寇準主張出征，而王欽若堅決反對，認爲這是拿皇帝做賭注。『分我』句：《史記·項羽本紀》載漢王劉邦對項羽説：『吾翁即若翁，必欲烹爾翁，則幸分我一杯羹。』

但使盧陵存外邸，自知冕服返桐宮。屬鏤賜死非君意，曾道于謙實有功。屬鏤賜死：屬鏤，古代名劍。吴王夫差以之賜伍子胥死，事載《左傳·哀公十一年》。《吴越春秋》作『屬盧』，《廣雅·釋器》作『屬鹿』，揚雄《太玄賦》作『屬婁』，《荀子·成相》作『獨鹿』。

楊鶴《于墳華表柱銘》：

赤手挽銀河，君自大名垂宇宙；『君自』句：杜甫《咏懷古迹》詩：『諸葛大名垂宇宙。』青山埋白骨，我來何處哭英雄。

又《正祠柱銘》：

千古痛錢塘，并楚國孤臣，白馬江邊，怒捲千堆夜雪；

兩朝冤少保，兩朝冤少保：指宋代岳飛和明代于謙，二人均因讒害致死。同岳家父子，夕陽亭裏，傷心兩地風波。

董其昌《于少保祠柱銘》：

賴社稷之靈，國已有君，自分一腔拋熱血；

竭股肱之力，繼之以死，獨留青白在人間。『獨留』句：于謙《石灰吟》：『粉骨碎身渾不怕，要留清白在人間。』

張岱《于少保柱銘》：

宋室無謀，歲輸虜數萬幣，和議既成，安得兩宮歸朔漠；

漢家鬥智，幸分我一杯羹，挾求非計，不勞三寸返新豐。

張岱《定香橋小記》：《定香橋小記》：選自張岱《陶庵夢憶》，原名《不繫園》。

甲戌十月，携楚生住不繫園看紅葉。至定香橋，客不期而至者八人：南京曾波臣，東陽趙純卿，金壇彭天錫，曾波臣：曾鯨，字波臣。福建莆田人。擅畫肖像，在繼承粉彩渲染傳統技法的同時，汲取西洋畫的某些手法，形成注重墨骨、層層烘染、立體感强的獨特畫法。所畫人物肖像栩栩如生，有『如鏡取影，儼然如生』之譽，從學者甚衆，遂形成波臣派。趙純卿，生平無可考。彭天錫，明末清初昆曲表演藝術家，溧陽人（一説金壇人）。他出身富家，醉心戲曲藝術，常爲一齣戲而破費家資數十金。與馮夢龍、張岱、祁彪佳、虞來初、陳洪綬等爲友，串演本腔戲，切磋劇藝。擅長丑角和净角。明代戲曲理論家潘之恒在《鸞嘯小品》中評述彭天錫的表演爲『氣概雄毅，規模宏遠，足以蓋世』。諸暨陳章侯，杭州楊與民、陸九、羅三，女伶陳素芝。余留飲。章侯携縑素爲純卿畫古佛，縑素：細絹，可供書畫。波臣爲純卿寫照，楊與民彈三弦子，羅三唱曲，陸九吹簫。與民復出寸許紫檀界尺，據小梧，用北調説《金瓶梅》一劇，使人絶倒。是夜，彭天錫與羅三、與民串本腔戲，妙絶；與楚生、素芝串調腔戲，調腔：也叫掉腔，現在叫『新昌高腔』，爲中國古老劇種之一，被譽爲『中國戲曲活化石』。明末清初流行于浙江紹興一帶。傳統劇目有《蔡伯喈》《三關斬卞》等。又復妙絶。章侯唱村落小歌，余取琴和之，牙牙如話。純卿笑曰：『恨弟無一長，以侑兄輩酒。』余曰：『唐裴將軍旻居喪，請吴道子畫天宫壁度亡母。道子曰：「將軍爲我舞劍一回，庶因猛厲以通幽冥。」旻脱縗衣，纏結，上馬馳驟，馳驟：馳騁，疾奔。《韓非子·外儲説右下》：「造父御四馬，馳驟周旋，而恣欲于馬。」揮劍入雲，高十數丈，若電光下射，執鞘承之，劍透室而入，觀者驚栗。道子奮袂如風，畫壁立就。章侯爲純卿畫佛，而純卿舞劍，正今日事也。』純卿跳身起，取其竹節鞭，重三十斤，作胡旋舞數纏，胡旋舞：由西域康居傳來的民間舞，據清代學者魏源在《聖武記》中考證：『哈薩克左部游牧逐水草，爲古康居。』胡旋舞的特點是動作輕盈，急速旋轉，節奏鮮明，因爲在跳舞時須快速不停旋轉而得名。大噱而罷。

風篁嶺

風篁嶺多蒼筤篠簜，蒼筤：指青竹。篠：細竹。簜：大竹。風韵淒清。至此林壑深沉，迥出塵表。流淙活活，活活：水流聲。一説水流貌。自龍井而下，四時不絶。嶺故叢薄荒密。元豐中，僧辨才淬治潔楚，名曰『風篁嶺』。蘇子瞻訪辨才于龍井，送至嶺上，左右驚曰：『遠公過虎溪矣。』『遠公』句：遠公，慧遠大師，净土宗的開山祖師，東晋時代人，俗姓賈，出生于雁門樓煩世代書香之家。遠公從小資質聰穎，勤思敏學，十三歲時便隨舅父游學許昌、洛陽等地。精通儒學，旁通老莊。虎溪：在江西省九江市南廬山東林寺前。相傳晋慧遠法師居此，送客不過溪，過此，虎輒號鳴，故名虎溪。辨才笑曰：『杜子有云，與子成二老，來往亦風流。』『與子』二句：杜子，杜甫，字子美，自號少陵野老。詩藝精湛，被後世尊稱爲『詩聖』。文中所引詩句出自杜甫《寄贊上人》。遂造亭嶺上，名曰『過溪』，亦曰『二老』。子瞻記之，詩云：『日月轉雙轂，古今同一丘。惟此鶴骨老，凜然不知秋。去住兩無礙，人士爭挽留。去如龍出水，雷雨捲潭湫。來如珠還浦，魚鱉爭駢頭。此生暫寄寓，常恐名實浮。我比陶令愧，師爲遠公優。送我過虎溪，溪水當逆流。聊使此山人，永記二老游。』古今同一丘：《漢書·楊惲傳》：『古與今如一丘之貉。』『來如』句：《後漢書·循吏列傳》：『先時宰守并多貪穢，詭人采求，不知紀極，珠遂漸徙于交址郡界。于是行旅不至，人物無資，貧者餓死于道。嘗到官，革易前敝，求民病利。曾未逾歲，去珠復還，百姓皆反其業，商貨流通，稱爲神明。』嘗即孟嘗，時为合浦太守。陶令：东晋陶淵明，潯陽柴桑（今江西省九江市）人，字元亮，號五柳先生，世稱靖節先生，入劉宋後改名潛，曾任彭澤令。詩人、辭賦家、散文家。曾做過幾年小官，後辭官回家，從此隱居，『田園生活』是陶淵明詩的主要題材。

李流芳《風篁嶺》詩：

林壑深沉處，全憑篠簜迷。片雲藏屋裏，二老到雲栖。

學士留龍井，遠公過虎溪。烹來石岩白，翠色映玻璃。

龍井

南山上下有兩龍井。上爲老龍井，一泓寒碧，清冽异常，弃之叢薄間，無有過而問之者。其地産茶，遂爲兩山絶品。再上爲天門，可通三竺。南爲九溪，路通徐村，水出江干。其西爲十八澗，路通月輪山，水出六和塔下。龍井本名延恩衍慶寺，唐乾祐二年，乾祐：唐無此年號，疑爲乾封，唐高宗李治的年號。居民募緣改造爲報國看經院。宋熙寧中，改壽聖院，東坡書額。紹興三十一年，改廣福院。淳祐六年，改龍井寺。元豐二年，辨才師自天竺歸老于此，不復出，與蘇子瞻、趙閱道友善。後人建三賢閣祀之，歲久寺圮。萬曆二十三年，司禮孫公重修，構亭軒，築橋，鍬浴龍池，創霖雨閣，焕然一新，游人駢集。

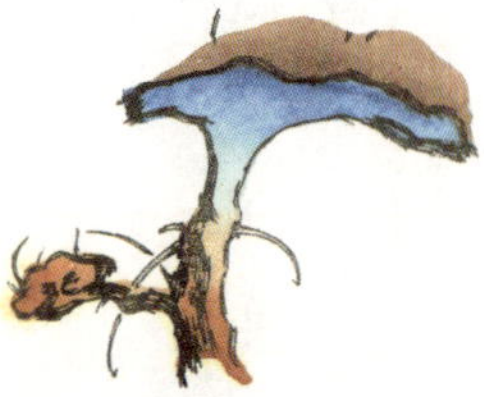

一片雲

神運石在龍井寺中，高六尺許，奇怪突兀，特立檐下。有木香一架，穿繞竅竇，竅竇：孔穴。蟠若龍蛇。正統十三年，中貴李德駐龍井。天旱，令力士淘之。初得鐵牌二十四、玉佛一座、金銀一錠，鑿大宋元豐年號。後得此石，以八十人舁起之。上有『神運』二字，旁多款識，漶漫不可讀，漶漫：模糊不清。不知何代所鐫，大約皆投龍以祈雨者也。風篁嶺上有一片雲石，高可丈許，青潤玲瓏，巧若鏤刻。松磴盤屈，草莽間有石洞，堆砌工緻巉岩。巉岩：險峻的山岩。石後有片雲亭，爲司禮孫公所構，設石棋枰于前，上鐫『興來臨水敲殘月，談罷吟風倚片雲』之句。游人倚徙，不忍遽去。

秦觀《龍井題名記》：

元豐二年，中秋後一日，余自吴興來杭，東還會稽。龍井有辨才大師，以書邀余入山。比出郭，日已夕，航湖至普寧，遇道人參寥，問龍井所遺籃輿，則曰：『以不時至，去矣。』是夕，天宇開霽，林間月明，可數毫髮。遂弃舟，從參寥策杖并湖而行。出雷峰，度南屏，濯足于惠因澗，入靈石塢，得支徑上風篁嶺，憩于龍井亭，酌泉據石而飲之。自普寧凡經佛寺十五，皆寂不聞人聲。道旁廬舍，燈火隱顯，草木深鬱，流水激激悲鳴，殆非人間之境。行二鼓，始至壽聖院，謁辨才于朝音堂，朝音堂：即潮音堂，爲壽聖院講堂。明日乃還。

張京元《龍井小記》：

過風篁嶺，是爲龍井，即蘇端明、米海嶽與辨才往來處也。蘇端明：即蘇軾，曾任端明殿學士，故名。米海嶽，即米芾，號海嶽外史，故名。寺北向，門內外修竹琅琅。井在殿左，泉出石罅，甃小圓池，下復爲方池承之。池中各有巨魚，而水無腥氣。池淙淙下瀉，繞寺門而出。小坐與偕亭，玩一片雲石。山僧汲水供茗，泉味色俱清。僧容亦枯寂，視諸山迥异。

王稺登《龍井詩》：

深谷盤迴入，靈泉觱沸流。觱沸：泉水涌出貌。隔林先作雨，到寺不勝秋。

古殿龍王在，空林鹿女游。鹿女：佛經中所説的仙女。一尊斜日下，獨爲古人留。

袁宏道《龍井》詩：

都説今龍井，幽奇逾昔時。路迂迷舊處，樹古失名兒。

渴仰雞蘇佛，亂參玉版師。雞蘇佛：茶名。陶穀《清異録·茗荈》：『生凉好唤雞蘇佛，回味宜稱橄欖仙。』玉版師：亦作『玉板師』，笋的别名。破筒分谷水，芟草出秦碑。

數盤行井上，百計引泉飛。畫壁屯雲族，紅欄蝕水衣。水衣：青苔，蒼苔。

路香茶葉長，畦小藥苗肥。宏也學蘇子，辨才君是非。

張岱《龍井柱銘》：

夜壑泉歸，渥窪能致千岩雨；

曉堂龍出，崖石皆爲一片雲。

九溪十八澗

九溪在烟霞嶺西，龍井山南。其水屈曲洄環，九折而出，故稱九溪。其地徑路崎嶇，草木蔚秀，人烟曠絶，幽闃静悄，别有天地，自非人間。『别有』二句：李白《山中問答》：『桃花流水杳然去，别有天地非人間。』溪下爲十八澗，地故深邃，即緇流非遺世絶俗者，不能久居。按志，澗内有李岩寺、宋陽和王梅園、梅花徑等迹，今都湮没無存。而地復遼遠，僻處江干，老于西湖者，各名勝地尋討無遺，問及九溪十八澗，皆茫然不能置對。

李流芳《十八澗》詩：

己酉始至十八澗，與孟暘、無際同到徐村第一橋，飯于橋上。溪流淙然，山勢回合，坐久不能去。予有詩云：『溪九澗十八，到處流活活。我來三月中，春山雨初歇。奔雷與飛霰，耳目兩奇絶。悠然向溪坐，况對山嵯嵲。嵯嵲：山勢高俊貌。我欲參雲栖，此中解脱法。善哉汪子言，閑心隨水滅。』無際亦有和余詩，忘之矣。

卷五　西湖外景

西溪

粟山高六十二丈，周回十八里二百步。山下有石人嶺，峭拔凝立，形如人狀，雙髻聳然。過嶺爲西溪，居民數百家，聚爲村市。相傳宋南渡時，高宗初至武林，以其地豐厚，欲都之。後得鳳凰山，乃云：『西溪且留下。』後人遂以名。地甚幽僻，多古梅，梅格短小，屈曲槎枒，大似黄山松。好事者至其地，買得極小者，列之盆池，以作小景。其地有秋雪庵，一片蘆花，明月映之，白如積雪，大是奇景。余謂西湖真江南錦繡之地，入其中者，目厭綺麗，耳厭笙歌，欲尋深溪盤谷，可以避世如桃源、菊水者，當以西溪爲最。余友江道闇有精舍在西溪，招余同隱。余以鹿鹿風塵，鹿鹿：車輪轉動聲。引申爲奔走于道途。未能赴之，至今猶有遺恨。

王稺登《西溪寄彭欽之書》：彭欽之：彭汝讓，字欽之，應麟子。少負纔華，與馮開之、唐文獻、方應選諸人同社，推爲祭酒。著有《木几冗談》。

留武林十日許，未嘗一至湖上，然遂窮西溪之勝。舟車程并十八里，皆行山雲竹靄中，衣袂盡緑。桂樹大者，兩人圍之不盡。樹下花覆地如黄金，山中人縛帚掃花售市上，每担僅當脱粟之半耳。往歲行山陰道上，大嘆其佳，此行似勝。

李流芳《題西溪畫》：

壬子正月晦日，同仲錫、子與自雲栖翻白沙嶺至西溪。夾路修篁，行兩山間，凡十里，至永興寺。

永興山下夷曠，平疇遠村，幽泉老樹，點綴各各成致。自永興至岳廟又十里，梅花綿亘村落，彌望如雪，一似余家西磧山中。是日，飯永興，登樓嘯咏。夜還湖上小築，同孟暘、印持、子將痛飲。翼日出册子畫此。癸丑十月，烏鎮舟中題。

楊蟠《西溪》詩：

爲愛西溪好，長憂溪水窮。山源春更落，散入野田中。

王思任《西溪》詩：

一嶺透天目，千溪叫雨頭。石雲開綉壁，山骨洗寒流。鳥道苔衣滑，人家竹語幽。此行不作路，半武百年游。

張岱《秋雪庵》詩：

古宕西溪天下聞，輞川詩是記游文。古宕：即古蕩，在杭州。輞川詩：指唐代詩人王維的詩。他晚年在藍田的『輞川別墅』過隱士生活。庵前老荻飛秋雪，林外奇峰聳夏雲。荻：多年生草本植物，生在水邊，葉子長形，似蘆葦，秋天開紫花，莖可以編席箔。

怪石棱層皆露骨，古梅結屈止留筋。溪山步步堪盤礡，植杖聽泉到夕曛。夕曛：落日的餘輝。南朝宋謝靈運《晚出西射堂》詩：『曉霜楓葉丹，夕曛嵐氣陰。』

虎跑泉

虎跑寺本名定慧寺，唐元和十四年性空師所建。元和：唐憲宗李純年號。憲宗賜號曰廣福院。大中八年改大慈寺，大中：唐宣宗李忱年號。僖宗乾符三年加『定慧』二字。乾符：唐僖宗李儇年號。宋末毁。元大德七年重建，大德：元成宗年號。又毁。明正德十四年，寶掌禪師重建。嘉靖十九年又毁。二十四年，山西僧永果再造。今人皆以泉名其寺云。先是，性空師爲蒲坂盧氏子，得法于百丈海，百丈海：僧懷海，福州長樂人，依潮陽西山慧照出家，從衡山法朗受具足戒。後往廬江浮槎寺閲藏經。他聽説馬祖道一在虔州（今江西贛縣）開法，即前往參學，與西堂智藏同稱入室。道一圓寂後，他初住石門，繼往新吴，住大雄山，又稱爲百丈山。不久，四方禪者奔湊而來，以潙山靈祐、黄檗希運爲其上首。他傳播禪風二十餘年而圓寂，有《百丈懷海禪師語録》《百丈懷海禪師廣録》各一卷。來游此山，樂其靈氣鬱盤，栖禪其中。栖禪：猶坐禪。苦于無水，意欲他徙。夢神人語曰：『師毋患水，南岳有童子泉，當遣二虎驅來。』翼日，果見二虎跑地出泉，清香甘洌。大師遂留。明洪武十一年，學士宋濂朝京，道山下。主僧邀濂觀泉，寺僧披衣同舉梵咒，泉觱沸而出，空中雪舞。濂心异之，爲作銘以記。城中好事者取以烹茶，日去千擔。寺中有調水符，取以爲驗。

蘇軾《虎跑泉》詩：

亭亭石榻東峰上，此老初來百神仰。虎移泉眼趁行脚，龍作浪花供撫掌。行脚：謂僧人爲尋師求法而游食四方。至今游人灌濯罷，卧聽空階環玦響。故知此老如此泉，莫作人間去來想。

袁宏道《虎跑泉》詩：

竹林松澗净無塵，僧老當知寺亦貧。飢鳥共分香積米，枯枝常足道人薪。香積：指僧道的飯食。道人：佛寺中打雜的人。

碑頭字識開山偈，爐裏灰寒護法神。汲取清泉三四盞，芽茶烹得與嘗新。

鳳凰山

唐宋以來，州治皆在鳳凰山麓。南渡駐蹕，遂爲行宮。東坡云『龍飛鳳舞入錢塘』，兹蓋其右翅也。自吴越以逮南宋，俱于此建都，佳氣扶輿，扶輿：亦作『扶與』。猶扶摇，盤旋升騰貌。萃于一脉。元時惑于楊髡之説，即故宫建立五寺，築鎮南塔以厭之，而兹山到今落寞。今之州治，即宋之開元故宫，乃鳳凰之左翅也。明朝因之，而官司藩臬皆列左方，藩臬：藩司和臬司。明清兩代布政使和按察使的并稱。爲東南雄會。豈非王氣移易，發泄有時也。故山川壇、八卦田、御教場、萬松書院、天真書院，皆在鳳凰山之左右焉。

蘇軾《題萬松嶺惠明院壁》：

余去此十七年，復與彭城張聖途、丹陽陳輔之同來。張聖途：生平不詳。陳輔之，即陳輔（生卒年不詳），字輔之，宋代詩人，自號南郭子，金陵（今江蘇南京）人，寄寓丹陽南郭。少爲王安石所知，以詩名世。院僧梵英，葺治堂宇，比舊加嚴潔。茗飲芳烈，問：『此新茶耶？』英曰：『茶性，新舊交則香味複。』余嘗見知琴者，言琴不百年，則桐之生意不盡，緩急清濁，常與雨暘寒暑相應。此理與茶相近，故并記之。

徐渭《八仙臺》詩：

南山佳處有仙臺，臺畔風光絶素埃。嬴女祇教迎鳳入，桃花莫去引人來。『嬴女』句：《列仙傳》載：『蕭史者，秦穆公時人也。善吹簫，能致孔雀、白鶴于庭。穆公有女字弄玉，好之，公遂以女妻焉。日教弄玉作鳳鳴。居數年，吹似鳳聲，鳳凰來止其屋。公爲作鳳臺。夫婦止其上，不下數年。一旦，皆隨鳳凰飛去。』因秦穆公姓嬴，故稱弄玉爲『嬴女』。

能令大藥飛雞犬，欲傍中央剪草萊。『能令』句：據《水經注》載，漢高帝孫淮南王劉安學道，養方術之徒數十人，多傳授神仙秘法，後舉家得道升天。舊伴自應尋不見，湖中無此最深隈。

袁宏道《天真書院》詩：

百尺頹墻在，三千舊事聞。百尺頹墻：指衰敗破舊的書院。三千：指孔子的三千弟子。野花粘壁粉，山鳥煽爐温。

江亦學之字，田猶畫卦文。『江亦』句：謂錢塘江像『之』字形。『田猶』句：謂田地呈八卦形。兒孫空滿眼，誰與薦荒芹。

宋大内

《宋元拾遺記》：『高宗好耽山水，于大内中更造别院，曰小西湖。自遜位後，退居是地，奇花异卉，金碧輝煌，婦寺宫娥充斥其内，婦寺：指宦官。享年八十有一。』按錢武肅王年亦八十一，而高宗與之同壽，或曰高宗即武肅後身也。《南渡史》又云：『徽宗在汴時，夢錢王索還其地，是日即生高宗，後果南渡，錢王所轄之地，盡屬版圖。疇昔之夢，疇昔：往昔，日前，以前。蓋不爽矣。』元興，楊璉真伽壞大内以建五寺，曰報國，曰興元，曰般若，曰仙林，曰尊勝，皆元時所建。按志，報國寺即垂拱殿，興元即芙蓉殿，般若即和寧門，仙林即延和殿，尊勝即福寧殿。雕梁畫棟，尚有存者。白塔計高二百丈，内藏佛經數十萬卷，佛像數千，整飾華靡。取宋南渡諸宗骨殖，雜以牛馬之骼，壓于塔下，名以鎮南。未幾，爲雷所擊，張士誠尋毁之。張士誠：元末明初的地方割據勢力之一。

謝皋羽《吊宋内》詩：謝皋羽：謝翱，字皋羽，一字皋父，號宋纍，又號晞髮子。南宋愛國詩人，『福安三賢』之一。

複道垂楊草亂交，武林無樹是前朝。複道：樓閣間架空的通道。也稱閣道。野猿引子移來宿，攪盡花間翡翠巢。野猿：暗指元代。『猿』與『元』音近。

隔江風雨動諸陵，無主園林草自春。聞説光堯皆墮泪，女官猶是舊宫人。光堯：指宋高宗趙構，他讓位于孝宗。

紫宫樓閣逼流霞，今日凄凉佛子家。寒照下山花霧散，萬年枝上挂袈裟。萬年枝：即冬青。後泛指年代久遠的樹。

禾黍何人爲守閽，落花臺殿暗銷魂。禾黍：《詩·王風·黍離序》：『《黍離》，閔宗周也。周大夫行役至于宗周，過故宗廟宮室，盡爲禾黍。閔宗周之顛覆，彷徨不忍去而作是詩也。』後以『禾黍』爲悲憫故國破敗或勝地廢圮之典。朝元閣下歸來燕，不見當時鸚鵡言。朝元閣：唐代閣名。在陝西省西安市臨潼區驪山。玄宗朝，改名降聖閣。『不見』句：陶宗儀《説郛・楓窗小牘》：『高廟在建康，有大赤鸚鵡自江北來集行在承塵上，口呼萬歲，宦者以手承之，鼓翅而下，足有小金牌，有「宣和」二字。因以索架置之，稍不驚怪。比上膳，以行在草草無樂，鸚鵡大呼「卜尚樂起方響」，久之，曰「卜娘子不敬萬歲」。蓋道君時掌樂宮人以方響引樂者，故猶以舊格相呼。高廟爲罷膳泣下。後此鳥持至臨安，忽死。高宗親爲文祭之。』

黄晉卿《弔宋内》詩：黄晉卿：黄溍，婺州義烏人，字文晉，又字晉卿。元代著名史官、文學家、書畫家。仁宗延祐間進士，任台州寧海縣丞，纍擢侍講學士等職。在朝中挺然自立，不附于權貴，時人稱其爲清風高節，如冰壺三尺，纖塵不污。博覽群書，議論精要，其文布置謹嚴，援據切洽。

滄海桑田事渺茫，行逢遺老嘆荒凉。爲言故國游麋鹿，漫指空山號鳳凰。

春盡緑莎迷輦道，雨多蒼翠上宮墻。遥知汴水東流畔，更有平蕪與夕陽。

趙孟頫《宋内》詩：

東南都會帝王州，三月鶯花非舊游。故國金人愁别漢，當年玉馬去朝周。金人：指漢武帝時所鑄以手掌舉盤承露的仙人。唐李賀《金銅仙人辭漢歌序》：『魏明帝青龍元年八月，詔宮官牽車西取漢孝武捧露盤仙人，欲立置前殿。宮官既拆盤，仙人臨載，乃潸然泪下。唐諸王孫李長吉遂作《金銅仙人辭漢歌》。』湖山靡靡今猶在，江水茫茫祇自流。千古興亡盡如此，春風麥秀使人愁。

劉基《宋大内》詩：劉基：字伯温，青田縣南田鄉人，故時人稱他劉青田，明洪武三年封誠意伯，人們又稱他劉誠意。武宗正德九年追贈太師，謚文成，後人又稱他劉文成、文成公。通經史，曉天文，精兵法。他輔佐朱元璋完成帝業，開創明朝，并盡力保持國家的安定，被後人比作諸葛武侯。朱元璋多次稱劉基『吾之子房也』。與宋濂、高啓并稱『明初詩文三大家』。

澤國繁華地，前朝此建都。青山彌百粤，白水入三吴。百粤：亦作『百越』，古代越族居住在江、浙、閩、粤各地，諸部落各有名稱，而統稱百越。

艮岳銷王氣，坤靈肇帝圖。兩宫千里恨，九子一身孤。坤靈：大地的靈秀之氣。『兩宫』句：指宋徽宗和宋欽宗被金人所俘虜之事。趙構逃脱，後稱帝。

設險憑天塹，偷安負海隅。雲霞行殿起，荆棘寢園蕪。

幣帛敦和議，弓刀抑武夫。但聞當寧奏，不見立廷呼。立廷呼：《左傳・定公十四年》：『夫差使人立于庭，苟出入，必謂己曰：「夫差！而忘越王之殺而父乎？」則對曰：「唯。不敢忘！」』

鬼蜮昭華衮，忠良賜屬鏤。鬼蜮：害人的鬼和怪物，比喻陰險的人。華衮：古代王公貴族的禮服。常用以表示極高的榮寵。

何勞問社稷，且自作歡娱。

杭稻來吴會，龜黿出巨區。黿：大鱉。巨區：太湖的别稱。至尊危北闕，多士樂西湖。多士：古指衆多的賢士，也指百官。

鷁首馳文舫，龍鱗舞綉襦。鷁首：船頭。古代畫鷁鳥于船頭，故稱。文舫：裝飾華美的游艇。暖波摇襞積，凉月浸氍毹。

襞積：衣服上的褶裥。氍毹：毛織的布或地毯，舊時演戲多用來鋪在地上。

紫桂秋風老，紅蓮曉露濡。巨螯擎擁劍，香飯漉雕胡。擁劍：即招潮蟹，一種兩螯大小不一的蟹。因其大螯利如劍，故稱。

漉：液體慢慢滲下，過濾。雕胡：茭白子實，即菰米。煮熟爲雕胡飯。蝸角乾坤大，鼇頭氣勢殊。蝸角：蝸牛的觸角。比喻微小之地。

『鰲頭』句：據《列子・湯問》記載，古龍伯國有大人釣六鰲而五仙山沉没。秦庭迷指鹿，周室嘆瞻烏。迷指鹿：《史記・秦始皇本紀》：『趙高欲爲亂，恐群臣不聽，乃先設驗，持鹿獻于二世，曰：「馬也。」二世笑曰：「丞相誤耶？謂鹿爲馬。」問左右，左右或默，或言馬以阿順趙高。或言鹿，高因陰中諸言鹿者以法。後群臣皆畏高。』後以『指鹿爲馬』比喻有意顛倒黑白，混淆是非。瞻烏：《詩・小雅・正月》：『哀我人斯，于何從禄？瞻烏爰止，于誰之屋？』毛傳：『富人之屋，烏所集也。』鄭玄箋：『視烏集于富人之室，以言今民亦當求明君而歸之。』後比喻亂世無所歸依之民。

玉馬違京輦，銅駝擲路衢。含容天地廣，養育羽毛俱。

橘柚馳包貢，塗泥賦上腴。上腴：最肥沃的土地。斷犀埋越棘，照乘走隋珠。『照乘』句：《史記・田敬仲完世家》：『若寡人國小也，尚有徑寸之珠照車前後各十二乘者十枚。』隋珠，指隋侯之珠。

吊古江山在，懷今歲月逾。鯨鯢空渤澥，鯨鯢：即鯨。雄曰鯨，雌曰鯢。比喻凶惡的敵人。渤澥：即渤海。歌咏已唐虞。

鴟革愁何極，羊裘釣不迂。鴟革：指用革囊使伍子胥浮于江。『羊裘』句：漢嚴光少有高名，與劉秀同游學，後劉秀即帝位，光變名隱身，披羊裘釣澤中。後因以『羊裘』指隱者或隱居生活。征鴻暮南去，回首憶蒓鱸。蒓鱸：即蒓菜和鱸魚。據《世説新語》記載，張季鷹每見秋風乍起而有思鄉之緒，遂思家鄉之蒓鱸。

梵天寺

梵天寺在山川壇後，宋乾德四年錢吴越王建，名南塔。治平十年，改梵天寺。元元統中毁，元統：元惠宗年號。明永樂十五年重建。有石塔二、靈鰻井、金井。先是，四明阿育王寺有靈鰻井，四明：即四明山，地處浙東，有第二廬山之稱。阿育王寺：位于浙江省寧波市鄞州區的阿育王山，建于西晋太康三年，距今已有一千七百多年的歷史。武肅王迎阿育王舍利歸梵天寺奉之，鑿井南廊，靈鰻忽見，僧贊寧有記。東坡倅杭時，寺僧守詮住此。東坡過訪，見其壁間詩有：『落日寒蟬鳴，獨歸林下寺。柴扉夜未掩，片月隨行履。惟聞犬吠聲，又入青蘿去。』東坡援筆和之曰：『但聞烟外鐘，不見烟中寺。幽人行未已，草露濕芒履。惟應山頭月，夜夜照來去。』清遠幽深，其氣味自合。

蘇軾《梵天寺題名》：

余十五年前杖藜芒履，往來南北山。此間魚鳥皆相識，况諸道人乎！再至惘然，皆晚生相對，但有愴恨。子瞻書。

元祐四年十月十七日，與曹晦之、晁子莊、徐得之、王元直、秦少章同來，王元直：即王箴，字元直，蘇軾之妻弟。時主僧皆出，庭户寂然，徙倚久之。東坡書。

勝果寺

勝果寺，唐乾寧間乾寧：唐昭宗李曄年號。無著禪師建。其地松徑盤紆，澗淙潺灂。羅刹石在其前，鳳凰山列其後，江景之勝無過此。出南塔而上，即其地也。宋熙寧間，有寺僧清順住此。清順：北宋中葉浙江杭州西湖北山垂雲庵僧。字怡然。生卒年及姓氏籍貫均不詳，與蘇軾同時，大約一〇五〇年前後在世。他是宋代著名詩僧，詩風古樸凝煉，頗重形象的塑造和意境的追求，詩文負一時重名。王安石極愛其詩，蘇軾晚年也與之唱和。原有集，不傳。詩作大致散見于《詩人玉屑》《宋高僧詩選》《瀛奎律髓》《宋詩紀事》等書中。順約介寡交，無大故不入城市。士夫有以米粟饋者，受不過數斗，盎貯几上，日取二三合啖之，蔬筍之供，恒缺乏也。一日，東坡至勝果，見壁間有小詩云：『竹暗不通日，泉聲落如雨。春風自有期，桃李亂深塢。』問誰所作，或以清順對。東坡即與接談，聲名頓起。

僧圓净《勝果寺》詩：

深林容鳥道，古洞隱春蘿。天迥聞潮早，江空得月多。
冰霜叢草木，舟楫玩風波。岩下幽栖處，時聞白石歌。白石歌：裴駰集解《史記·魯仲連鄒陽列傳》：『應劭曰：「齊桓公夜出迎客，而寧戚疾擊其牛角商歌曰：『南山矸，白石爛，生不遭堯與舜禪。短布單衣適至骭，從昏飯牛薄夜半，長夜漫漫何時旦？』公召與語，説之，以爲大夫。」』

僧處默《勝果寺》詩：僧處默：詩僧，初與貫休同在金華蘭溪和安寺剃度出家，常以詩唱和。

路自中峰上，盤迴出薜蘿。到江吴地盡，隔岸越山多。
古木叢青藹，遥天浸白波。下方城郭近，鐘磬雜笙歌。

五雲山

五雲山去城南二十里，岡阜深秀，林巒蔚起，高千丈，周回十五里。沿江自徐村進路，繞山盤曲而上，凡六里，有七十二灣，石磴千級。山中有伏虎亭，梯以石城，城：臺階的梯級。以便往來。至頂半，岡名月輪山，上有天井，大旱不竭。東爲大灣，北爲馬鞍，西爲雲塢，南爲高麗，又東爲排山。五峰森列，駕軼雲霞，駕軼：凌駕；超越。俯視南北兩峰，若錐朋立。長江帶繞，長江：指錢塘江。西湖鏡開，江上帆檣，小若鷗鳬，出没烟波，真奇觀也。宋時每歲臘前，僧必捧雪表進，雪表：即賀雪表，臣民向皇帝進獻的慶賀瑞雪的表文。黎明入城中，霰猶未集，蓋其地高寒，見雪獨早也。山頂有真際寺，供五福神，貿易者必到神前借本，持其所挂楮鏹去，楮鏹：祭供時焚化用的紙錢。鏹，錢貫，引申爲錢。獲利則加倍還之。借乞甚多，楮鏹恒缺。即尊神放債，亦未免窮愁。爲之掀髯一笑。

袁宏道《御教場小記》：

余始慕五雲之勝，刻期欲登，將以次登南高峰。及一觀御教場，游心頓盡。石蕢嘗以余不登保俶塔爲笑。余謂西湖之景，愈下愈勝，高則樹薄山瘦，草髡石秃，千頃湖光，縮爲杯子。北高峰、御教場是其樣也。雖眼界略闊，然我身長不逾六尺，睁眼不見十里，安用許大地方爲哉！石蕢無以難哉。

雲栖

雲栖，宋熙寧間有僧志逢者居此，志逢：號大扇和尚，浙江餘杭人。貫通三學，了達性相。後周顯德三年，志逢在杭州五雲山結茅築庵修持，創華嚴道場。宋乾德初，忠懿王錢俶召賜紫衣，爲築雲栖寺居之。雲栖塢素多虎，志逢每携大扇乞錢，買肉飼虎，虎遇之輒馴伏。世稱伏虎禪師，後謚『普覺』。能伏虎，世稱伏虎禪師。天禧中，賜真濟院額。明弘治間爲洪水所圮。隆慶五年，蓮池大師名袾宏，袾宏：杭州人，俗姓沈。十七歲補諸生。二十七歲以後，在四年之間，連遭喪父、失兒、喪母的刺激，即作《七筆勾》而出家受具，自號蓮池。晚年居雲栖寺，所以世稱蓮池大師或雲栖大師。他和紫柏真可、憨山德清、蕅益智旭并稱明代四高僧。字佛慧，仁和沈氏子，爲博士弟子，試必高等，性好清净，出入二氏。二氏：指佛、道二教。子殤婦歿。一日閱《慧燈集》，失手碎茶甌，有省，乃視妻子爲鶻臭布衫，鶻臭：猶狐臭。于世相一筆盡勾，作歌寄意，弃而專事佛，雖學使者屠公力挽之，屠公：屠羲英，字淳卿，明嘉靖三十五年進士，宣城人，生卒年不詳。初任户部主事，祠祭郎中，浙江提學副使，以剛正清廉見稱，爲首輔張居正所賞識。萬曆初，居正當國，薦升南京光禄卿，改太常，轉祭酒。秉公任事，清吏治，抑浮華，絶干請，貴要投書，一概置之不理。常曰：『官可一日便弃，學不可一日不講。』訓飭有條，士風大振，被譽爲『陳敬宗後一人而已』。得到萬曆帝青睞，御書『春風化雨，蔚爲人宗』賜之。旋以病致仕歸，構學舍山居讀書。未久病逝。贈刑部侍郎。不回也。從蜀師剃度受具，游方至伏牛，伏牛：即伏牛山，河南省西南部山脉。坐煉囈語，忽現舊習，而所謂一筆勾者，更隱隱現。去經東昌府謝居士家，東昌府：今山東聊城。乃更釋然，作偈曰：『二十年前事可疑，三千里外遇何奇。焚香執戟渾如夢，魔佛空争是與非。』當是時，似已惑破心空，然終不自以爲悟。歸得古雲栖寺舊址，結茅默坐，懸鐺煮糜，日僅一食。胸挂鐵牌，題曰：『鐵若開花，方與人說。』久之，檀越爭爲構室，漸成叢林，檀越：梵語音譯。意爲施主。叢林：佛教多數僧衆聚居的處所。《大智度論》卷三：『僧伽秦言衆，多比丘一處和合，是名僧伽；譬如大樹叢聚，是名爲林。』後泛稱寺院爲叢林。弟子日進。其説主南山戒律、東林淨土，南山戒律：指唐朝四分律宗三派之一的南山宗，又稱南山律、四分宗、南山教，乃住終南山之道宣律師所開創。至後世相部、東塔二派皆衰頹，唯此南山宗盛行于世。道宣曾從北魏慧光三傳弟子智首受四分律義，自唐高祖武德九年至太宗貞觀十九年間，先後撰著《四分律刪繁補闕行事鈔》《四分律拾毗尼義鈔》《四分律刪補隨機羯磨疏》《四分律注戒本疏》《四分律比丘尼鈔》等五書，是爲本宗之五大部疏鈔，并于終南山創設戒壇，製訂佛教授戒儀式。將佛教分爲化教與製教，以定、慧二學爲化教，戒學爲製教。東林淨土：指佛教宗派淨土宗，由慧遠創建，祖庭爲廬山東林寺。先行《戒疏發隱》，後行《彌陀疏鈔》。《戒疏發隱》《彌陀疏鈔》：二書均爲蓮池法師所著。一時江左諸儒，皆來就正。王侍郎宗沐問：『夜來老鼠唧唧，説盡一部《華嚴經》？』王侍郎宗沐：王宗沐，字新甫，號敬所，臨海城關人。著有《海運詳考》《海運志》《敬所文集》等。師云：『貓兒突出時如何？』自代云：『走却法師，留下講案。』又書頌云：『老鼠唧唧，《華嚴》歷歷。奇哉王侍郎，却被畜生惑。貓兒突出畫堂前，床頭説法無消息。大方廣佛《華嚴經》，世主妙嚴品第一。』其持論嚴正，詁解精微。監司守相下車就語，監司：負有監察之責的官吏。漢以後的司隸校尉和督察州縣的刺史、轉運使、按察使、布政使等通稱爲監司。守相：郡守或知府之類的官員。侃侃略無屈。海内名賢，望而心折。孝定皇太后繪像宫中禮焉，孝定皇太后：李氏，明穆宗朱載垕之貴妃，明神宗朱翊鈞之生母，漷縣人。賜蟒袈裟，不敢服，破衲敝幃，終身無改，齋惟蔬菜。有至寺者，高官輿從，一概平等，几無加豆。加豆：這里指添菜。豆，古代食器。仁和樊令問：『心雜亂，何時得静？』師曰：『置之一處，無事不辨。』坐中一士人曰：『專格一物，是置之一處，辨得何事？』專格一物：《禮記·大學》：『致知在格物，物格而後知至。』格物，意爲窮究事物的道理或糾正人的行爲，『格』在這里有『窮究』的意思。師曰：『論格物，祇當依朱子豁然貫通去，何事不辨得？』朱子：朱熹，字元晦，一字仲晦，號晦庵、晦翁、考亭先生、雲谷老人、滄洲病叟、逆翁。婺源人。南宋著名理學家、教育家、詩人，閩學派的代表人物，世稱朱子。著作有《四書集注》《四書或問》《太極圖説解》《通書解》《西銘解》《周易本義》《易學啓蒙》等。或問：『何不貴前知？』師曰：『譬如兩人觀《琵琶記》，一人不曾見，一人見而預道之，畢竟同看終場，能增減一齣否耶？』《琵琶記》：元末南戲，高明撰。寫漢代書生蔡伯喈與趙五娘悲歡離合的故事，被譽爲傳奇之祖，是我國古代戲曲中一部經典之作。甬東屠隆于净慈寺迎師觀所著《曇花傳奇》，虞淳熙以師梵行素嚴阻之。《曇花傳奇》：又叫《曇花記》，明屠隆撰。内容寫唐代木清泰受仙人指點，遍游地獄、天堂、蓬萊及西方樂土，最終成道的故事。虞淳熙：字長孺，浙江錢塘人。曾任兵部職方司主事、禮部員外郎等職，曾隱居于回峰。有《虞德園集》《孝經集靈》一卷。師竟偕諸紳衿臨場諦觀訖，無所忤。寺必設戒，絶鈸釧聲，而時撫琴弄簫，以樂其脾神。晚著《禪關策進》。其所述，峭似高峰冷似冰者，庶幾似之矣。喜樂天之達，選行其詩。平居笑談諧謔，灑脱委蛇，有永公清散之風。永公清散之風：永公，即慧永，晋代高僧。河内（河南）人，俗姓潘。十二歲出家，師事竺曇現，後與慧遠共同學于道安座下。素與慧遠共期欲赴羅浮山，然慧遠爲道安所留，師乃于東晋太元初年先出發，至潯陽時，爲郡人陶範所留而居廬山西林寺，未久慧遠亦來，入住東林精舍。又另立茅室于嶺上，作禪思修持之用，至其室者常聞异香，因號『香谷』。與一虎同居室中，人至則驅令上山；人去後，還復馴伏。師耽好經典，善于講説，言常含笑，語不傷物，蔬食布衣，勵行精苦，願生西方。義熙十年病危，仍持戒不懈，臨終前自斂衣合掌，示衆云：『佛來！』言畢，怡然而寂，世壽八十三。道俗在山，咸聞异香，七日始止。唐玄宗追謚『覺寂大師』之號。《蓮社高僧傳》：『永公清散之風乃多于遠師也。』未嘗一味槁木死灰，若宋旭所議擔

板漢，槁木死灰：《莊子・齊物論》：『形固可使如槁木，而心固可使如死灰乎？』真不可思議人也。出家五十年，種種具囑語中。萬曆乙卯六月晦日，書辭諸友，還山設齋，分表施襯，施襯：指施捨財物給僧衆。若將遠行者。七月三日，卒仆不語，次日復醒。弟子輩問後事，舉囑語對。四日之午，命移面西向，循首開目，同無疾時，哆哪念佛，趺坐而逝。往吳有神李曇降毗山，謂師是古佛。而楊靖安萬春嘗見師現佛身，楊靖安萬春：字汝和，錢塘人，隆慶元年舉人，曾爲杭州知縣。施食吳中。一信士窺空室，四鬼持燈至，忽列三蓮座，師坐其一，佛像也。乩仙之靈者云，乩仙：扶乩時請托的神靈。張果聽師說《心賦》于永明，李屯部婦素不信佛，屯部：明代屯田部的簡稱。偏受師戒，逾年屈三指化，云身是梵僧阿那吉多，而僧俗將坐脫時，多請說戒說法。然師自名凡夫，諸事恐呵責，不敢以聞。化前一日，漏語見一大蓮華蓋，不復能秘其往生之奇云。

袁宏道《雲栖小記》：

雲栖在五雲山下，籃輿行竹樹中，七八里始到，奧僻非常，蓮池和尚栖止處也。蓮池戒律精嚴，于道雖不大徹，然不爲無所見者。至于單提念佛一門，則尤爲直捷簡要，六個字中，六個字：指『南無阿彌陀佛』六字。旋天轉地，何勞捏目更趨狂解，然則雖謂蓮池一無所悟可也。一無所悟，是真阿彌，請急着眼。

李流芳《雲栖春雪圖跋》：

余春夏秋常在西湖，但未見寒山而歸。甲辰，同二王參雲栖。時已二月，大雪盈尺。出赤山步，一路瓊枝玉幹，披拂照曜。望江南諸山，皚皚雲端，尤可愛也。庚戌秋，與白民看雪兩堤。白民：《光福志》：『朱鷺，字白民，吴江人。初名家棟，少肄府學，有俊纔，家貧，授徒以養父母。承顔順志以老萊子爲法，床頭恒貯數千錢，曰「買笑錢」。父死乃謝青衿，芒鞋竹杖獨游名山，所至畫竹以自給。常入華岳，登天井，黄條道服，見者皆以爲仙。初好老氏，學解道德參同之旨，晚弃歸禪，參雲栖憨山，二老結茅蓮花峰下，年八十逝。』余既歸，白民獨留，遲雪至臘盡。是歲竟無雪，怏怏而返。世間事各有緣，固不可以意求也。癸丑陽月題。

又《題雪山圖》：

甲子嘉平月九日大雪，嘉平：臘月的别稱。泊舟閶門，作此圖。憶往歲在西湖遇雪，雪後兩山出雲，上下一白，不辨其爲雲爲雪也。余畫時目中有雪，而意中有雲，觀者指爲雲山圖，不知乃畫雪山耳。放筆一笑。

張岱《贈蓮池大師柱對》：

説法平臺，生公一語石一語；

栖真斗室，栖真：道家謂存養真性，返其本元。老僧半間雲半間。

六和塔

月輪峰在龍山之南。月輪者，肖其形也。宋張君房爲錢塘令，宿月輪山，夜見桂子下塔，霧旋穗散墜如牽牛子。峰旁有六和塔，宋開寶三年，開寶：北宋太祖趙匡胤的年號。智覺禪師築之以鎮江潮。塔九級，高五十餘丈，撑空突兀，跨陸俯川。海船方泛者，以塔燈爲之鄉導。宣和中，毀于方臘之亂。紹興二十三年，僧智曇改造七級。明嘉靖十二年毀。中有湯思退等彙寫佛説四十二章、李伯時石刻觀音大士像。湯思退：南宋著名政治家，官至宰相。字進之，號湘水，浙江景寧湯氏第七世祖。李伯時：名公麟，號龍眠居士，宋代安徽舒州人。博學好古，善畫山水、佛像。晚年受戒，隱居龍眠山莊，結社念佛。紹興四年預知時至，施財，書偈，念佛而化。享年八十六。遺墨傳世頗多，畫家奉爲典則。塔下爲渡魚山，渡魚山：當作魚山渡。隔岸剡中諸山，歷歷可數也。

李流芳《題六和塔曉騎圖》：

燕子磯上臺，龍潭驛口路。燕子磯：位于江蘇省南京市北郊觀音門外，長江三大名磯之一，是岩山東北的一支。
昔時并馬行，夢中亦同趣。
後來五雲山，遥對西興渡。絶壁瞰江立，恍與此境遇。
人生能幾何，江山幸如故。重來復相携，此樂不可喻。
置身畫圖中，那復言歸去。行當尋雲栖，雲栖渺何處。
此予甲辰與王淑士平仲參雲栖，舟中爲題畫詩，今日展予所畫《六和曉騎圖》，此境恍然，重爲題此。

壬子十月六日，定香橋舟中。

吴琚《六和塔應製》詞：吴琚：字居父，號雲壑。南宋書法家。太寧郡王、衛王吴益之子，宋高宗吴皇后之侄。乾道九年以恩蔭授臨安通判。其後歷尚書郎、鎮安軍節度使。復知明州（今寧波），兼沿海製置使。寧宗時知鄂州，再知慶元府。嘗使金，金人重其信義。位至少師，判建康府兼保守，世稱『吴七郡王』。卒謚忠惠。

玉虹遥挂，望青山、隱隱如一抹。忽覺天風吹海立，『忽覺』句：蘇軾《有美堂暴雨》：『天外海風吹海立，浙東飛雨過江來。』好似春雷初發。白馬凌空，白馬：比喻潮頭。春秋時期，吴王夫差不聽伍子胥的勸告，同越王勾踐和好，并且聽信讒言，賜劍讓伍子胥自盡，將他的尸首拋入江中。從此江中波濤洶涌，從海門山滚滚而來，越過錢塘魚浦，波浪纔減弱。早晚有時可以看到伍子胥白馬素車站在潮頭。瓊鰲駕水，日夜朝天闕。飛龍舞鳳，鬱葱環拱吴越。此景天下應無，東南形勝，偉觀真奇絶。好似吴兒飛彩幟，蹴起一江秋雪。『好似』二句：周密《武林舊事》：『吴兒善泅者數百，皆披髮文身，手持十幅大彩旗，争先鼓勇，溯迎而上，出没于鯨波萬仞中，騰身百變，而旗尾略不沾濕，以此誇能。』黄屋天臨，水犀雲擁，看擊中流楫。晚來波静，海門飛上明月。海門：海口。内河通海之處。（右調《酹江月》）

楊維楨《觀潮》詩：

八月十八睡龍死，海龜夜食羅刹水。須臾海鬭龕赭門，地捲銀龍薄于紙。海鬭龕赭門：《讀史方輿紀要·浙江》：『夾岸有山，南曰龕，北曰赭。二山相對，謂之海門。』

艮山移來天子宫，宫前一箭隨西風。『宫前』句：《宣和遺事》：『俄空中雁聲嘹嚦，自北而南。時護衛者數人，皆爲阿計替揮去。壁中有弓一張，阿計替曰：「官人能弓矢乎？射雁以卜，此乃番胡事也。」乃手持弓謂帝曰：「我代官人卜之可乎？」帝曰：「然。」乃執箭仰天祝曰：「臣不幸，上辱祖宗，下禍萬民。若國祚復興，當使一箭中雁。」以其箭付阿計替，一箭中雁，宛轉而下。二帝拱手稽顙曰：「誠如此卜，死且無憾！」阿計替微笑，取茅草爇火，破雁，炙而分食之。』劫灰欲洗蛇鬼穴，婆留折鐵猶争雄。劫灰：《北齊書·樊遜傳》：『昆明池黑，以爲燒劫之灰，春秋夜明，謂是降神之日。』《高僧傳》：『昔漢武穿昆明池底，得黑灰，問東方朔。朔曰：「可問西域梵人。」後竺法蘭至，衆人追問之，蘭云：「世界終盡，劫火洞燒，此灰是也。」』

望海樓頭誇景好，斷鰲已走金銀島。天吴一夜海水移，馬蹀沙田食沙草。天吴：水神名。《山海經·海外東經》：『朝陽之谷，神曰天吴，是爲水伯。』

匡山樓船歸不歸，七歲呱呱啼軹道。匡山樓船：南宋左相陸秀夫背負小皇帝趙昺在匡山樓船跳海。『七歲』句：指南宋恭帝向元朝投降。軹道：亭名，在陝西省西安市東北。

徐渭《映江樓看潮》詩：

魚鱗金甲屯牙帳，翻身却指潮頭上。秋風吹雪下江門，萬里瓊花捲層浪。

傳道吴王渡越時，三千强弩射潮低。『傳道』二句：蘇軾《八月十五日看潮五絶》：『安得夫差水犀手，三千强弩射潮低。』

今朝筵上看傳令，暫放胥濤掣水犀。

鎮海樓

鎮海樓舊名朝天門，吴越王錢氏建。規石爲門，上架危樓。樓基壘石高四丈四尺，東西五十六步，南北半之。左右石級登樓，樓連基高十有一丈。元至正中，改拱北樓。明洪武八年，更名來遠樓，後以字畫不祥，乃更名鎮海。字畫不詳：《相術解夢》：『張乘槎善相字，浙江舊有拱北樓，王參政莅浙，改爲來遠樓。初揭扁命槎占之，槎曰：「三日内主有哀喪事。」如期，王公母夫人病卒。王延槎問故，來有喪字形，遠有哀字形，走之二點相連，泪點也。』火于成化十年，再造于嘉靖三十五年，是年九月又火，總製胡宗憲重建。胡宗憲：字汝貞，號梅林，徽州績溪（今屬安徽）人，明抗倭名將。樓成，進幕士徐渭曰：『是當記，子爲我草。』草就以進，公賞之，曰：『聞子久僑矣。』趣召掌計，廩銀之兩百二十爲秀才纔廬。渭謝侈不敢。公曰：『我愧晋公，子于是文，乃遂能愧湜，倘用福先寺事數字以責我酬，我其薄矣，何侈爲！』此用唐代皇甫湜撰《福先寺碑》故典。晋公即裴度，封晋國公。湜撰此文，一字索值三匹絹，共三千字。渭感公語，乃拜賜持歸。盡橐中賣文物如公數，買城東南地十畝，有屋二十有二間，小池二，以魚以荷；木之類，果木材三種，凡數十株；長籬亘畝，護以枸杞，外有竹數十箇，笋迸雲。迸雲，言笋之高。客至，網魚燒笋，佐以落果，醉而咏歌。始屋陳而無次，稍序新之，遂顔其堂曰『酬字』。

徐渭《鎮海樓記》：

鎮海樓相傳爲吴越錢氏所建，用以朝望汴京，表臣服之意。其基址、樓臺、門户、欄楯，極高廣壯麗，具載别志中。樓在錢氏時名朝天門，元至正中，更名拱北樓。皇明洪武八年，更名來遠。時有術者，病其名之書畫不祥，後果驗，乃更今名。火于成化十年，再建于嘉靖三十五年，九月又火。予奉命總督直浙閩軍務，開府于杭，而方移師治寇，駐嘉興，比歸，始與某官某等謀復之。人有以不急病者。予曰：『鎮海樓建當府城之中，跨通衢，截吴山麓，其四面有名山大海、江湖潮汐之勝，一望蒼茫，可數百里。民廬舍百萬户，其間村市官私之景，不可億計，而可以指顧得者，惟此樓爲杰特之觀。至于島嶼浩渺，亦宛在吾掌股間。高翥長騫，翥：振翼而上，高飛。有俯壓百蠻氣。而東夷之以貢獻過此者，亦往往瞻拜低回而始去。故四方來者，無不趨仰以爲觀游的。如此者纍數百年，而一旦廢之，使民若失所歸，非所以昭太平、悦遠邇。非特如此已也，其所貯鐘鼓刻漏之具，四時氣候之榜，令民知昏曉，時作息，寒暑啓閉，桑麻種植漁佃，諸如此類，是居者之指南也。而一旦廢之，使民懵然迷所往，非所以示節序、全利用。且人傳錢氏以臣服宋而建，此事昭著已久。至方國珍時，方國珍：洋嶼人，元末浙東割據領袖。求緩死于我高皇，猶知借鏐事以請。誠使今海上群醜而亦得知錢氏事，其祈款如珍之初詞，則有補于臣道不細，顧可使其迹淹没而不章耶？予職清海徼，海徼：謂近海地區。視今日務，莫有急于此者。公等第營之，毋浚徵于民，而務先以己。』于是予與某官某等，捐于公者計銀凡若干，募于民者若干。遂集工材，始事于某年月日。計所構，甃石爲門，上架樓，樓基壘石，高若干丈尺。東西若干步，南北半之。左右級曲而達于樓，樓之高又若干丈。凡七楹，礎百。巨鐘一，鼓大小九，時序榜各有差，貯其中，悉如成化時製。蓋歷幾年月而成。始樓未成時，劇寇滿海上，予移師往討，日不暇至。于今五年，寇劇者禽，來者遁，居者慴不敢來，海始晏然，晏然：安寧；安定。《莊子·山木》：『聖人晏然體逝而終矣！』而樓適成，故從其舊名『鎮海』。

張岱《鎮海樓》詩：

錢氏稱臣歷數傳，危樓突兀署朝天。越山吴地方隅盡，大海長江指顧連。

使到百蠻皆禮拜，潮來九折自盤旋。成嘉到此經三火，皆值王師靖海年。成嘉：即成化與嘉靖。成化，明憲宗朱見深年號。嘉靖，明世宗朱厚熜年號。

都護當年築廢樓，文長作記此中游。適逢困鰐來投轄，正值飢鷹自下韝。

嚴武題詩屬杜甫，曹瞞拆字忌楊修。嚴武：字季鷹，華州華陰人。生于唐玄宗開元十四年，卒于代宗永泰元年。武雖武夫，亦能詩，《全唐詩》中録存六首。楊修：字德祖，弘農華陰人。東漢末期文學家，太尉楊彪之子，以學識淵博著稱。建安年間被舉爲孝廉，任郎中，後爲漢相曹操主簿。後被曹操殺害。而今縱有青藤筆，更討何人數字酬。

伍公祠

吴王既賜子胥死，子胥：伍子胥，名員，字子胥，春秋時楚國人。封于申地，故又稱申胥。伍子胥之父伍奢爲楚平王子建太傅，因受費無忌讒害，和其長子伍尚一同被楚平王殺害。伍子胥逃到吴國，成爲吴王闔閭重臣。前五〇六年，伍子胥帶兵攻入楚都，掘楚平王墓，鞭尸三百，以報父兄之仇。吴國倚重伍子胥等人之謀，遂成爲諸侯一霸。前四八三年，夫差派伍子胥出使齊國。太宰伯嚭乘機進讒，説伍子胥陰謀倚托齊國反吴。夫差聽信讒言，派人送一把寶劍給伍子胥，令其自殺。伍子胥自殺前對門客説：請將我的眼睛挖出置于東門之上，我要看著吴國滅亡。在伍子胥死後九年，吴國果然爲越國所滅。乃取其尸，盛以鴟夷之革，浮之江中。子胥因流揚波，依潮來往，蕩激堤岸，勢不可禦。或有見其銀鎧雪獅，素車白馬，立在潮頭者，遂爲之立廟。每歲仲秋既望，潮水極大，杭人以旗鼓迎之。弄潮之戲，蓋始于此。宋大中祥符間，大中祥符：宋真宗年號。賜額曰『忠靖』，封英烈王。嘉、熙間，海潮大溢。京兆趙與權禱于神，水患頓息，乃奏建英衛閣于廟中。元末毁，明初重建。有唐盧元輔《胥山銘序》、盧元輔：字子望，奸臣盧杞的兒子，少以清行聞于時，簡潔貞方，綽繼門風，歷踐清貫，人亦不以父之醜行爲纍，人士歸美。宋王安石《廟碑銘》。

高啓《伍公祠》詩：

地大天荒霸業空，曾于青史嘆遺功。鞭尸楚墓生前孝，抉眼吴門死後忠。魂壓怒濤翻白浪，劍埋冤血起腥風。我來無限傷心事，盡在吴山烟雨中。

徐渭《伍公廟》詩：

吴山東畔伍公祠，野史評多無定詞。舉族何辜同刈草，後人却苦論鞭尸。

退耕始覺投吴早，雪恨終嫌入郢遲。『退耕』句：《史記·吴太伯世家》：『伍子胥之初奔吴，説吴王僚以伐楚之利。公子光曰：「胥以父兄爲僇于楚，欲自報其仇耳。未見其利。」于是伍員知光有他志，乃求勇士專諸，見之光。光喜，乃客伍子胥。子胥退而耕于野，以待專諸之事。』事到此公真不幸，鐲鏤依舊遇夫差。夫差：又稱吴夫差。吴王闔廬之子，姬姓。他登位之初，勵精圖治，大敗勾踐，使吴國達到鼎盛。在位後期，生活奢華，窮兵黷武，屢次北上與齊晋争鋒。勾踐趁虚攻吴，前四七三年，吴滅，夫差自縊。

張岱《伍相國祠》詩：

突兀吴山雲霧迷，潮來潮去大江西。兩山吞吐成婚嫁，萬馬奔騰應鼓鼙。

清濁溷淆天覆地，玄黄錯雜血連泥。旌幢幡蓋威靈遠，𢫬到娥江取候齊。『𢫬到』句：傳説伍子胥死後化爲潮神，曾𢫬令曹娥江與錢塘江潮同漲同落。

從來潮汐有神威，鬼氣陰森白日微。隔岸越山遺恨在，到江吴地故都非。

錢塘一臂鞭雷走，龕赭雙頤噀雪飛。噀：含在口中而噴出。燈火滿江風雨急，素車白馬相君歸。

城隍廟

吴山城隍廟，吴山：在浙江杭州市西湖東南。山勢綿亘起伏，伸入市區，左帶錢塘江，右瞰西湖，爲杭州名勝。春秋時爲吴西界，故名。或云以伍子胥故，訛伍爲吴。又因此山有子胥祠，遂稱胥山。五代吴越中時（一説宋代）山上有城隍廟，故亦稱城隍山，今通稱吴山。宋以前在皇山，舊名永固，紹興九年徙建于此。宋初封其神，姓孫名本。永樂時封其神，爲周新。新南海人，初名日新。文帝常呼『新』，文帝：指明成祖朱棣。遂爲名。以舉人爲大理寺評事，大理寺：掌管刑獄的官署。秦漢置廷尉，掌刑辟。北齊設大理寺，歷代至清皆相沿。明清與刑部、都察院爲三法司，會同處理重大的司法案件。有疑獄，輒一語決白之。永樂初，拜監察御史，彈劾敢言，人目爲『冷面寒鐵』。長安中以其名止兒啼。轉雲南按察使，改浙江。至界，見群蚋飛馬首，尾之蓁中，得一暴尸，身余一鑰、一小鐵識。新曰：『布賈也。』收取之。既至，使人入市市中布，一一驗其端，與識同者皆留之。鞫得盗，召尸家人與布而置盗法，家人大驚。新坐堂，有旋風吹葉至，异之。左右曰：『此木城中所無，一寺去城差遠，獨有之。』新曰：『其寺僧殺人乎？而冤也。』往樹下，發得一婦人尸。他日，有商人自遠方夜歸，將抵舍，潛置金叢祠石罅中，旦取無有。商白新。新曰：『有同行者乎？』曰：『無有。』『語人乎？』曰：『不也，僅語小人妻。』新立命械其妻，考之，得其盗，則其私也。則客暴至，私者在伏匿聽取之者也。凡新爲政，多類此。新行部，微服視屬縣，縣官觸之，收繫獄，遂盡知其縣中疾苦。明日，縣人聞按察使來，共迓不得。新出獄曰：『我是。』縣官大驚。當是時，周廉使名聞天下，錦衣衛指揮紀綱者最用事，錦衣衛：明代護衛皇宫的親軍。明太祖時始設，權力極廣，兼理偵察、逮捕、審訊之事，也是明代的一個特務機構。紀綱：明初權奸。臨邑（今山東省臨邑宿安鄉）人，曾任錦衣衛指揮使，後爲内侍告謀反，被誅。使千户探事浙中，千户作威福受賕。賕：賄賂。會新入京，遇諸涿，即捕千户繫涿獄。千户逸出，訴綱，綱更誣奏新。上怒，逮之，即至，抗聲陛前曰：『按察使擒治奸惡，與在内都察院同，陛下所命也，臣奉詔書死，死不憾矣。』上愈怒，命戮之。臨刑大呼曰：『生作直臣，死作直鬼！』是夕，太史奏文星墜，上不懌，問左右周新何許人。對曰：『南海。』上曰：『嶺外乃有此人。』一日，上見緋而立者，叱之，問爲誰。對曰：『臣新也。上帝謂臣剛直，使臣城隍浙江，城隍：本句中用做動詞，指擔任守護城池的神。爲陛下治奸貪吏。』言已不見。遂封新爲浙江都城隍，立廟吴山。

張岱《吴山城隍廟》詩：

宣室殷勤問賈生，鬼神情狀不能名。『宣室』句：據《漢書·賈誼傳》記載，漢文帝感鬼神事，曾召賈誼至宣室詢問鬼神之本，賈誼向文帝解釋所以然之故。見形白日天顔動，浴血黄泉御座驚。

革伴鴟夷猶有氣，身殉豺虎豈無靈。祗愁地下龍逢笑，笑爾奇冤遇聖明。關龍逢：夏代末年大臣，夏桀荒淫無道，不理朝政。他常引黄圖直諫，立而不去，夏桀燒去黄圖，以龍逢『妖言犯上』爲罪，將他囚禁殺死。

尚方特地出楓宸，楓宸：宫殿。宸，北辰所居，指帝王的殿庭。漢代宫廷多植楓樹，故有此稱。錢謙益《獄中雜詩》之六：『豈有孤臣淹棘木，漫勞温旨下楓宸。』反向西郊斬直臣。思以鬼言回聖主，還將尸諫退僉人。

血誠無借丹爲色，寒鐵應教金鑄身。坐對江潮多冷面，至今冤氣未曾伸。

又《城隍廟柱銘》：

厲鬼張巡，敢以血身污白日；厲鬼張巡：張巡，唐蒲州河東人，一説唐南陽鄧州人。據説死後被追封爲『通真三太子』。**閻羅包老，原將鐵面比黄河。**閻羅包老：指包拯，廬州合肥人，字希仁。天聖朝進士。纍遷監察御史，建議練兵選將、充實邊備。奉使契丹還，歷任三司户部判官，京東、陝西、河北路轉運使。入朝擔任三司户部副使，請求朝廷准許解鹽通商買賣。改知諫院，多次論劾權幸大臣。授龍圖閣直學士、河北都轉運使，移知瀛、揚諸州，再召入朝，歷權知開封府、權御史中丞、三司使等職。嘉祐六年，任樞密副使。後卒于位，謚號『孝肅』。包拯做官以斷獄英明剛直而著稱于世。知廬州時，執法不避親黨。

火德廟

火德祠在城隍廟右，内爲道士精廬。北眺西泠，湖中勝概，盡作盆池小景。南北兩峰如研山在案，明聖二湖如水盂在几。窗櫺門闑凡見湖者，皆爲一幅圖畫。小則斗方，長則單條，斗方：書畫所用的一張見方的紙張，也指一二尺見方的字畫。單條：單幅的長幅。闊則横披，縱則手卷，手卷：衹能卷舒而不能懸挂的横幅書畫長卷。移步換影。若遇韵人，自當解衣盤礴。畫家所謂水墨丹青，淡描濃抹，無所不有。昔人言『一粒粟中藏世界，半升鐺里煮山川』，蓋謂此也。火居道士能爲陽羨書生，則六橋三竺皆是其鵝籠中物矣。火居道士：有妻室的道士。

張岱《火德祠》詩：

中郎評看湖，登高不如下。千頃一湖光，縮爲杯子大。

余愛眼界寬，大地收隙罅。甕牖與窗櫺，到眼皆圖畫。

漸入亦漸佳，長康食甘蔗。數筆倪雲林，居然勝荆夏。『漸入』句：《晋書·文苑傳》：『愷之每食甘蔗，恒自尾至本。人或怪之。云：「漸入佳境。」』長康：即顧愷之，字長康，小字虎頭，晋陵無錫人。顧愷之博學有才氣，工詩賦、書法，尤善繪畫。精于人像、佛像、禽獸、山水等，時人稱之爲三絶，即畫絶、文絶和痴絶。謝安深重之，以爲蒼生以來未之有。顧愷之與曹不興、陸探微、張僧繇合稱『六朝四大家』。倪雲林：倪瓚，初名珽，字泰宇，後字元鎮，號雲林居士、雲林子或雲林散人。江蘇無錫人。博學好古，工詩畫，畫山水意境幽深。有《清閟閣集》。荆夏：即荆浩與夏圭。荆浩：五代後梁畫家。夏圭：宋代杰出畫家。字禹玉，臨安人。南宋畫院待詔。早年工人物畫，後來以山水畫著稱。他與馬遠同時，號稱『馬夏』。寧宗時任畫院待詔，受到皇帝賜金帶的榮譽。

刻畫非不工，淡遠長聲價。余愛道士廬，寧受中郎駡。

芙蓉石

芙蓉石今爲新安吴氏書屋。山多怪石危巒，綴以松柏，大皆合抱。階前一石，狀若芙蓉，爲風雨所墜，半入泥沙。較之寓林奔雲，尤爲茁壯。但恨主人深愛此石，置之懷抱，半步不離，樓榭逼之，反多阸塞。阸塞：險要之地；險阻要塞。若得礎柱相讓，脱離丈許，松石間意，以淡遠取之，則妙不可言矣。吴氏世居上山，主人年十八，身無寸縷，人輕之，呼爲吴正官。一日早起，拾得銀簪一枝，重二銖，即買牛血煮之，以食破落户。自此經營五十餘年，由徽抵燕，爲吴氏之典鋪八十有三。東坡曰：『一簪之資，可以致富。』觀之吴氏，信有然矣。蓋此地爲某氏花園，先大夫以三百金折其華屋，先大夫：指作者已去世的父親。徙造寄園，而吴氏以厚值售其弃地，在當時以爲得計。而今至吴園，見此怪石奇峰，古松茂柏，在懷之璧，得而復失，真一回相見，一回懊悔也。

張岱《芙蓉石》詩：

吴山爲石窟，是石必玲瓏。此石但渾樸，不復起奇峰。
花瓣幾層摺，墮地一芙蓉。痴然在草際，上覆以長松。
濯磨如結鐵，蒼翠有苔封。主人過珍惜，周護以墻墉。
恨無舒展地，支鶴閉韜籠。支鶴：指支遁的鶴。支遁：字道林，世稱支公，亦曰林公，別號支硎。東晋高僧，陳留人，善草隸，好畜馬。魏晋時代，玄學流行，名士清談，蔚然成風，支遁精通老莊之説，佛學造詣也很深。他提出『即色本空』的思想，創立了般若學即色義，成爲當時般若學『六家七宗』中即色宗的代表人物。僅堪留几席，聊爲怪石供。

雲居庵

雲居庵在吳山，居鄗。宋元祐間，爲佛印禪師所建。佛印：宋代雲門宗僧。法號了元，字覺老。俗姓林，饒州浮梁人。幼學《論語》等典籍，後禮寶積寺日用爲師，學習禪法。曾登臨廬山參訪開先善暹，復參圓通居訥。二十八歲，嗣善暹之法，住江州承天寺。後歷住淮山斗方，廬山開先、歸宗，丹陽金山、焦山，江西大仰山等刹。嘗四度住雲居；與蘇東坡相交頗深；并整編白蓮社流派，擔任青松社社主，對于净土思想甚爲關心。元符元年一月四日示寂，享年六十七歲，法臘五十二，朝廷賜號『佛印禪師』。聖水寺，元元貞間爲中峰禪師所建。元貞：元成宗年號。中峰禪師：即明本禅师，元朝僧人。俗姓孫，號中峰，法號智覺，西天目山住持，钱塘人。中峰又號幻住，祝髮時，有故宋宫人楊妙錫者，以香盒貯髮，而舍利叢生，遂建塔寺中，元末毁。明洪武二十四年，并聖水于雲居，賜額曰雲居聖水禪寺。歲久殿圮，成化間僧文紳修復之。寺中有中峰自寫小像，上有贊云：『幻人無此相，此相非幻人。若喚作中峰，鏡面添埃塵。』向言六橋有千樹桃柳，其紅緑爲春事淺深；雲居有千樹楓桕，桕：即烏桕。一種落葉喬木，葉子互生，略呈菱形，秋天變紅。其紅黄爲秋事淺深。今且以薪以槱，槱：指堆積木柴以備燃燒。不可復問矣。曾見李長蘅題畫曰：『武林城中招提之勝，當以雲居爲最。山門前後皆長松，參天蔽日，相傳以爲中峰手植，歲久浸淫，爲寺僧剪伐，什不存一，見之輒有老成凋謝之感。去年五月，自小築至清波，訪友寺中，落日坐長廊，沽酒小飲已，裴回城上，望鳳凰、南屏諸山，沿月踏影而歸。翌日遂爲孟暘畫此，殊可思也。』

李流芳《雲居山紅葉記》：

余中秋看月于湖上者三，皆不及待紅葉而歸。前日舟過塘栖，見數樹丹黄可愛，躍然思靈隱、蓮峰之約，今日始得一踐。及至湖上，霜氣未遍，雲居山頭，千樹楓桕尚未有酣意，豈余與紅葉緣尚慳與？慳：缺欠。因憶往歲忍公有代紅葉招余詩，余亦率爾有答，聊記于此：『二十日西湖，領略猶未了。一朝别爾歸，此游殊草草。當我欲别時，千山秋已老。更得少日留，霜酣變林杪。子常爲我言，靈隱楓葉好。千紅與萬紫，亂插向晴昊。爛然列錦綉，森然建旍旐。旍：古代指有鈴鐺的旗子。旐：古代的一種旗子，上面畫著龜蛇。一生未得見，何异説食飽。』

高啓《宿幻住栖霞臺》詩：

窗白鳥聲曉，殘鐘渡溪水。此生幽夢回，獨在空山裏。

松岩留佛燈，葉地響僧履。予心方湛寂，閑卧白雲起。

夏原吉《雲居庵》詩：夏原吉：字維喆，湖南湘陰人，祖籍德興。早年喪父，遂力學養母。以鄉薦入太學，選入禁中書製誥。以誠篤幹濟爲明太祖朱元璋所重。建文時先任户部右侍郎，後充採訪使。任内政治清明，百姓皆悦服。靖難之役後，朱棣即位，委夏原吉以重任，與蹇義并稱于世。成祖後又相繼輔佐仁、宣二宗，政績卓越。宣宗宣德五年卒，年六十五歲。贈太師，謚忠靖。

誰闢雲居境，峨峨瞰古城。兩湖晴送碧，三竺曉分青。

經鎖千函妙，鐘鳴萬户驚。此中真可樂，何必訪蓬瀛。

徐渭《雲居庵松下眺城南》詩：

夕照不曾殘，城頭月正團。霞光翻鳥墮，江色上松寒。

市客屠俱集，高空醉屢看。何妨高漸離，抱却筑來彈。高漸離：戰國末燕人，荆軻好友，擅長擊筑。荆軻往刺秦王，高漸離與太子丹送之于易水河畔，高漸離擊筑，高歌『風蕭蕭兮易水寒，壯士一去兮不復還』。（城下有瞽目者善彈詞。）

施公廟

施公廟在石烏龜巷，其神爲施全，宋殿前小校也。小校：低級武官。紹興二十年二月朔，秦檜入朝，乘肩輿過望仙橋，全挾長刃遮道刺之，透革不中，檜斬之于市，觀者如堵墻，中有一人大言曰：『此不了漢，不斬何爲！』此語甚快。秦檜奸惡，天下萬世，人皆欲殺之，施全刺之，亦天下萬世中一人也。其心其事，原不爲岳鄂王起見，今傳奇以全爲鄂王部將，而岳墳以全入之翊忠祠，則施全此舉，反不公不大矣。後人祀公于此，而不配享岳墳，深得施公之心矣。

張岱《施公廟》詩：

施殿司，不了漢，刺虎不傷蛇不斷。
受其反噬齒利劍，殺人媚人報可汗。
厲鬼街頭白晝現，老奸至此掩其面。
邀呼簇擁遮車幔，弃尸漂泊錢塘岸。『邀呼』句：《宋史·秦檜傳》：『正月，檜趨朝，殿司小校施全刺檜不中，磔于市，自是每出，列五十兵持長梃以自衛。』
怒捲胥濤走雷電，雪巘移來天地變。胥濤：指錢塘江潮。

三茅觀

三茅觀在吴山西南。三茅者，兄弟三人，長曰盈，次曰固，季曰衷，秦初咸陽人也。得道成仙，自漢以來，即崇祀之。第觀中三像，一立、一坐、一卧，不知何説。以意度之，或以行立坐卧，皆是修煉功夫，教人不可蹉過耳。宋紹興二十年，因東京舊名，賜額曰寧壽觀。元至元間毁，明洪武初重建。成化十年建昊天閣；嘉靖三十五年，總製胡宗憲以平島夷功，島夷：指倭寇。奏建真武殿。萬曆二十一年，司禮孫隆重修，并建鐘翠亭、三義閣。相傳觀中有褚遂良小楷《陰符經》墨迹。褚遂良：字登善，浙江錢塘人。祖籍河南陽翟，晋末南遷杭州錢塘。父褚亮爲秦王李世民文學館十八學士之一。官至通直散騎常侍。傳世書迹有楷書《孟法師碑》《雁塔聖教序》《伊闕佛龕》。景定庚申，景定：宋理宗趙昀年號。宋理宗以賈似道有江漢功，賈似道有江漢功：據《宋史紀事本末》記載，宋理宗時，蒙古發兵南侵，賈似道奉命督師江漢，張惶失措，派人至蒙古軍營與蒙古軍簽訂合約，向蒙古稱臣納幣，蒙古軍始退。宋理宗反以賈似道有再造之功而加以表彰。賜金帛巨萬，不受，詔就本觀取《陰符經》，以酬其功。此事殊韵，第不應于賈似道當之耳。余嘗謂曹操、賈似道千古奸雄，乃詩文中之有曹孟德，書畫中之有賈秋壑，覺其罪業滔天，减却一半。方曉詩文書畫，乃能懺悔惡人如此。凡人一竅尚通，可不加意詩文，留心書畫哉？

徐渭《三茅觀觀潮》詩：

黄幡綉字金鈴重，仙人夜語騎青鳳。青鳳：傳説中的五色鳳之一。寶樹攢攢摇緑波，海門數點潮頭動。
海神罷舞回腰窄，天地有身存不得。誰將練帶括秋空，誰將古概量春雪？概：刮平斗、斛用的小木板。

黑鰲載地幾萬年，晝夜一身神血乾。升沉不守瞬息事，人間白浪今如此。
白日高高慘不光，冷虹隨身縈城隍。城中那得知城外，却疑寒色來何方。
鹿苑草長文殊死，獅子隨人吼祇樹。鹿苑：即鹿野苑，佛成道處。文殊：即文殊菩薩，座騎爲一獅子。吴山石頭坐秋風，帶著高冠拂雲霧。

又《三茅觀眺雪》詩：

高會集黄冠，琳宫夜坐闌。琳宫：仙宫。亦爲道觀、殿堂之美稱。梅芳成蕊易，雪謝作花難。
檐月沉杯暖，江峰入坐寒。暮鴉驚炬火，飛去破烟嵐。

紫陽庵

紫陽庵在瑞石山。其山秀石玲瓏，岩竇窈窕。宋嘉定間，邑人胡傑居此。元至元間，道士徐洞陽得之，改爲紫陽庵，其徒丁野鶴修煉于此。一日，召其妻王守素入山，付偈云：『懶散六十年，妙用無人識。順逆俱兩忘，虛空鎮長寂。』遂抱膝而逝。守素乃奉尸而漆之，端坐如生。妻亦束髮爲女冠，不下山者二十年。今野鶴真身在殿亭之右，亭中名賢留題甚衆。其庵久廢，明正統甲子，道士范應虛重建，聶大年爲記。（聶大年：明代官員、文學家。字壽卿，號東軒，江西臨川人。正統間官仁和縣教諭。景泰初徵入翰林。博通經史，工古文，善詩詞，尤精書畫。）萬曆三十一年，布政史繼辰、范淶構空翠亭，（史繼辰：字應之，溧陽人，萬曆進士。）撰《紫陽仙迹記》，繪其圖景，并名公詩，并勒石亭中。

李流芳《題紫陽庵畫》：

南山自南高峰邐迤而至城中之吴山，石皆奇秀一色，如龍井、烟霞、南屏、萬松、慈雲、勝果、紫陽，一岩一壁，皆可纍日盤桓。而紫陽精巧，俯仰位置，一一如人意中，尤奇也。余己亥歲與淑士同游，後數至湖上，以畏入城市，多放浪兩山間，獨與紫陽隔闊。辛亥偕方回訪友雲居，乃復一至，蓋不見十餘年，所往來于胸中者，竟失之矣。山水絶勝處，每恍惚不自持，强欲捉之，縱之旋去。此味不可與不知痛癢者道也。余畫紫陽時，又失紫陽矣。豈獨紫陽哉，凡山水皆不可畫，然不可不畫也，存其恍惚而已矣。書之以發孟陽一笑。

袁宏道《紫陽宫小記》：

余最怕入城。吴山在城内，以是不得遍觀，僅匆匆一過紫陽宫耳。紫陽宫石玲瓏窈窕，變態横出，湖石不足方比，梅花道人一幅活水墨也。梅花道人：即吴鎮，字仲圭，自號梅花道人。奈何辱之郡郭之内，使山林懶僻之人親近不得，可嘆哉。

王穉登《紫陽庵丁真人祠》詩：

丹壑斷人行，琪花洞裏生。琪花：仙境中玉樹之花。亂崖兼地破，群象逐峰成。

一石一雲氣，無松無水聲。丁生化鶴處，蜕骨不勝情。丁生化鶴：丁生，即丁令威，道教崇奉的古代仙人，據《逍遥墟經》卷一記載，其爲遼東人，曾學道于靈墟山，成仙後化爲仙鶴，飛回故里，站在一華表上高聲唱：『有鳥有鳥丁令威，去家千歲今來歸。城郭如故人民非，何不學仙冢纍纍。』以此來警喻世人。後世多用此典。

董其昌《題紫陽庵》詩：

初鄰塵市點靈峰，徑轉幽深紺殿重。古洞經春猶閟雪，危崖百尺有欹松。

清猿靜叫空壇月，歸鶴愁聞故國鐘。石髓年來成汗漫，登臨須愧羽人蹤。石髓：即石鐘乳。古人用于服食，也可入藥。傳説食之可長生。

图书在版编目（CIP）数据

西湖梦寻 / （明）张岱著 ; 朱生玉注. -- 北京 : 故宫出版社, 2021.6
（明清美文十种）
ISBN 978-7-5134-1382-4

Ⅰ. ①西… Ⅱ. ①张… ②朱… Ⅲ. ①古典散文－散文集－中国－明代 Ⅳ. ①I264.8

中国版本图书馆CIP数据核字(2021)第048205号

西湖梦寻

[明]张 岱 著 朱生玉 注

出 版 人：王亚民
责任编辑：程 鹛
特约编辑：五 度
装帧设计：李 猛
责任印制：常晓辉 顾从辉
出版发行：故宫出版社
地 址：北京市东城区景山前街4号 邮编：100009
电 话：010-85007800 010-85007817
邮 箱：ggcb@culturefc.cn
制 版：北京印艺启航文化发展有限公司
印 刷：北京启航东方印刷有限公司
开 本：889毫米×1194毫米 1/16
印 张：13.75
字 数：120千字
版 次：2021年6月第1版
2021年6月第1次印刷
印 数：1-5000册
书 号：ISBN 978-7-5134-1382-4
定 价：86.00元

故人家在桃花岸
劬農写